KB103304

우리의 정류장과 필사의 밤

우리의 정류장과 필사의 밤

김이설 소설

작가정신

차례

우리의 정류장

계절이 변하는 걸 절감할 때마다 나는 그 사람을 떠올렸다. 기어이 시멘트 틈으로 고개를 내민 민들레를 보았을 때, 후텁한 공기에서 물기가 말아지거나, 인도에 떨어진 은행을 밟지 않기 위해 까치발로 걷다가, 창틀을 뒤흔드는 혹한의 바람 소리를 가만히 듣다가 문득문득 그 사람과 내가 헤어졌다는 사실을 깨닫곤 했다. 잊으려고 한 적이 없었으니 떠오르는 거야 당연했고, 그때마다 그 사람이 몹시 보고 싶다는 걸 굳이 외면하지도 않았다. 그 사람을 사랑하지 않을 때가 없었다는 걸 뒤늦게 깨달았지만, 놀랍거나 새로울 것도 없었다. 서로에게는 늘 최선이었으므로 덜 사랑했다는 아쉬움도 없었다.

주로 시간을 보낸 곳은 그 사람의 방이었다. 조용히 방문을 열고 들어가면 그 사람은 잠이 덜 깬 상태로 배시시 웃으며 나를 맞았다. 그 사람이 타준 뜨거운 믹스커피를 마시고선 그새 다시 누운 그 사람 옆에 따라 누웠다. 좁은 싱글침대여서 서로의 품을 포개 안으면 서로의 심장박동 소리가 동시에 느껴졌다. 처음엔 박자를 못 맞추는 작은 북소리 같았다가 이내 두 심장이 연결이라도 된 듯한 소리를 내기 시작하면 그 사람은 힘주어 나를 꽉 끌어안았다. 익숙한 서로의 살냄새를 맡는 일이란 다정하고 따뜻해 그대로 같이 까무룩 잠이 들 때도 많았다.

오후엔 그 사람의 동네나 근처의 작은 공원을 걷거나 빈 놀이터에 오래 앉아 있곤 했다. 그 사람의 동네는 오래전부터 수많은 공원들이 살던 곳으로 유명했다. 그때는 공동 화장실에 방들만 다닥다닥 붙어 벌집촌이라고도 불렸다는데 요 근래

에는 원룸 빌딩과 다세대주택으로 개조되어 중국 동포들이 많이 살았다. 그 사람이 사는 방도 동네의 무수한 방들 중 하나였다. 부엌이 포함된 방 하나에 욕실 겸 화장실 하나. 그래도 싱크대와 미니 냉장고, 싱글침대는 물론 일인용 식탁까지 들여놓고도 두 사람이 바닥에 함께 앉을 만한 공간이 남았다. 해가 들지 않아 사계절 곰팡이가 피던 지난번의 지하방에 비하면 더할 나위 없는 방이었다. 해가 지고 나면 그 사람이 좋아하는 떡볶이나 내가 좋아하는 짜장면을 사 먹고 헤어지는 것이 우리의 오랜 습관이자 마땅한 데이트였다.

아침에서 저녁으로 시간이 흐르고, 때가 되면 계절이 바뀌듯이, 너무 당연해 이유를 붙일 까닭 없이, 그 사람과 나는 만나왔다. 그 사람이 일하는 대형마트의 휴무일에 맞춰 우리의 만남도 대체로 보름마다 이뤄졌다. 함께 앉아 있던 놀이터 주변에 개나리가 피어 있으면 보름쯤 뒤에는 공원에서 만개한 벚꽃이 보이고, 다시 보름쯤 뒤에는 동네 곳곳에서 봉오리를 터뜨리는 목련을, 그다음 보름쯤 뒤에는 집집마다 하나쯤은 있는 자목련

아침에서 저녁으로
시간이 흐르고,

때가 되면
계절이 바뀌듯이,

너무 당연해
이유를 붙일 까닭 없이,
그 사람과 나는 만나왔다.

을, 그다음엔 어디든 보이는 나무마다 내려앉은 연둣빛을 볼 수 있었다.

오래된 동네가 으레 그러하듯 집을 부수고 다시 올려도 나무들은 베는 법이 없어 동네 어디든 몸통 굵은 나무들이 흔했고, 꽃송이들도 숱하게 풍성하고 화려했다. 싱그러운 초록에서 검은 초록으로 몸통을 바꾸고 매미 울음이 애가 타도록 그악스러워지면 여름의 복판이라는 걸 실감했다. 골목의 구석마다 미처 다 쓸어내지 못한 낙엽이 소복이 쌓이면 가을이 왔음을, 스산한 찬바람이 골목을 휩싸면 겨울인 줄 알았다. 당연한 계절의 변화를 같이 바라보고, 느끼며, 이야기해왔다는 것만으로도 그 사람은 내게 특별한 존재가 되었다.

그러나 몇 번의 봄을, 몇 번의 여름과 가을과 몇 번의 겨울을 보낸 뒤에 나는 그 사람과 헤어졌다. 누구 때문이라고, 무엇 때문이라고 쉽게 말할 수는 없었다. 헤어진 이유를 언어로 정확히 표현하는 건 쉬운 일이 아니었다. 그 사람 때문인 것 같았고 나 때문인 듯도 싶었다. 그래서 몇 년 만에 다시 만났는데도 어색하지 않았다.

"그대로네요."

그 사람의 시선은 내 입술 언저리에 머물러 있었다. 나는 그 사람의 눈을 바라보며 대답했다.

"변할 게 뭐 있겠어."

거짓말이었다. 우리가 처음 만났을 때 나는 서른 살이었고 그 사람은 스물네 살이었다. 나는 이제 미혹되지 않는 나이가 되었고, 아무렇지 않게 보이는 흰머리가 이상하지 않았다. 그 사람의 머릿결은 여전히 풍성했고 주름 없는 기다란 목은 매끈했다. 변한 게 있다면 눈빛이 더욱 깊숙해 아늑하고 고요해 보였다. 어쩐지 쓸쓸한 기분이 들었다.

"나오지 않을 수도 있다고 미리 마음의 준비도 했었는데. 나와줘서 고마워요."

"어떻게 지냈는지 궁금했어."

손님이라곤 그 사람과 나밖에 없는, 테이블이 세 개뿐인 작은 카페였다. 원두를 직접 볶았는지 희미하게 탄내가 맡아졌다. 음악 소리가 작게 흘렀다. 그 사람이 작은 상자를 내 앞으로 내밀었다.

그리고 내 눈을 똑바로 쳐다봤다. 이건 계획에 없던 장면이었다. 제발, 그러지 마. 나를 나쁜 사람으로 만들지 마. 말하기도 전에 이미 그 사람은 상자를 열어 반지를 꺼냈다.

"내 마음은 그대로예요."

"내 상황은 하나도 변하지 않았어. 예전으로 돌아가긴 힘들어. 이미 알고 있잖아."

그 사람과 헤어질 때 나눈 대화 내용과 다르지 않았다. 이전대로라면 이제 그 사람은 반지를 다시 상자에 넣고 그 상자를 거둘 것이다. 오히려 미안하다고 하겠지, 그럼 나도 미안하다고 대답할 것이다. 어색한 침묵을 힘겹게 참아내다 누군가 먼저 일어서고, 그렇게 연락이 끊기고, 그 사람과 나는 다시 헤어진 사람들이 될 것이었다. 그런데 이번엔 그 사람이 반지를 거두지 않았다.

"그럼 왜 나왔어요. 사람 헷갈리게, 왜."

"한 번쯤은 보고 싶었어."

"한 번쯤?"

나는 그 사람을 물끄러미 쳐다봤다. 한 번쯤만 보고 싶었을 리가. 밤낮으로, 무시로 떠오르고 떠올리던 그 사람이지 않았나. 그러나 나는 애써 표정의 변화 없이 말을 이었다.

"시간이 많이 흘렀으니까. 그사이 어떤 식으로든 달라졌을 거라고 생각했어."

카페로 손님이 들어왔고, 그 사람은 조용히 일어났다.

"그 마음이나 바뀌면 연락 줘요. 난 계속 그대로 있을 테니까."

떨리는 목소리로 말을 마친 그 사람이 카페를 나섰다. 나는 차마 그 사람의 뒷모습을 쳐다볼 수 없었다. 테이블 위에는 반지가 그대로 놓여 있었다. 나는 그 반지를 조용히 손가락에 껴봤다. 왼손 약지에 너무 딱 들어맞아서, 반지가 너무 밋밋해서, 창밖의 그 사람은 이미 보이지 않아서 너무 서글펐다.

목련빌라

부엌 창문에 비친 검은 그림자가 천천히 흔들렸다. 바람 때문에 목련 나뭇가지가 마치 살아 있는 사람처럼 창문으로 다가왔다 멀어지기를 반복했다. 때마침 집 안을 들여다보던 고양이와 눈이 마주쳤다. 번쩍이는 눈이 선뜩했지만 이내 어디론가 사라졌다. 얼마 전부터 자꾸 눈에 띄던 고양이였다. 나뭇가지가 세게 휘어졌다. 바람이 제법 부는 모양이었다.

빌라 입구의 40년도 더 된 목련은 진작부터 꽃망울을 부풀리고 있었다. 이 빌라로 이사 온 것도 이맘때쯤이었다. 열 살이던 나는 빌라 입구에 부려진 짐들 사이를 헤집으며 뛰어다녔다. 여섯 살 동생도 내 손을 잡고 같이 뛰어다니며 깔깔 웃어댔다. 그때도 빌라 입구의 목련에 눈송이처럼 동그란 꽃봉오리가 가득이었다. 이 집에 산 지 30년이 다 되어가고 있었다.

여동생은 오늘도 늦겠다고 했다. 이제는 살도 좀 붙어 몸도 포실하고 얼굴도 보였다. 건강해지면서 표정도 한결 밝아졌다. 동생은 근래 들어 거울 앞에 앉아 있는 시간이 길어지고, 화장이나 옷에도 부쩍 신경을 썼다. 만나는 사람이 생긴 모양이었다. 비슷한 모습을 보인 건 그간 서너 번쯤. 이번에도 몇 달 달뜬 얼굴로 다니다가 다시 원래의 모습으로 돌아올지는 두고 봐야 할 일이었다.

동생이 깡마른 몰골로 집으로 돌아온 건 3년 전이었다. 세 살과 갓 백일 지난 아이를 품에 안은 채였다. 원체도 말랐지만 부서질 듯 바싹 마른 몸은 기이해 보일 지경이었다. 그런데도 속 시원히 자초지종을 밝히지 않아 엄마와 아버지의 속을 태웠다. 엄마는 도대체 무슨 일이냐, 박 서방이 뭘 잘못했냐, 빈손으로 뛰쳐나온 걸 보면 네가 잘못한 일이 있냐, 왜 입을 다물고 있느냐고 다그쳤다. 아버지는 아무 말 없이 백일짜리를 안아 어를 뿐이었다. 엄마는 이렇게 나와버리면 끝이냐고 소리를 지르며 동생의 어깨를 잡아 흔들었다. 티셔츠가 쑥 흘러내려 한쪽 어깨가 드러났다. 앙상한 어깨에 빨건 피멍이 맺혀 있었다. 이게 뭐냐! 내가 말릴 틈도 없이 엄마가 동생의 티셔츠를 훌렁 벗겼다. 가죽만 남은 동생의 온몸에 붉고 푸른 멍들이 가득이었다. 동생은 겨우 티셔츠를 꿰입으며 고개를 숙였다. 방바닥에 눈물이 툭툭 떨어졌다. 나는 그제야 엄마를 동생에게 떨어뜨리곤 소리쳤다.

"애 꼴 좀 봐봐. 이게 사람 꼴이냐고. 멀쩡한 애를 이렇게 만든 인간 말종 새끼랑 어떻게 살라고 둬! 그래서 내가 끌고 나왔어!"

"넌 알고 있었단 말이야?"

엄마가 눈을 부릅떴다.

"이게 그냥 나오면 되는 일이냐고!"

"나와야지! 그럼 계속 맞게 둬!"

"쌍놈의 새끼! 그런 새끼는 감옥에 처넣어야지! 가자! 당장 경찰서로 가서 신고하자!"

정신을 놓은 사람처럼 벌떡 일어나 집을 나서려는 엄마를 말린 건 오히려 동생이었다. 둘째 출생 신고도 못 했다고 머뭇대던 동생이 간단한 문제가 아니라는 말만 되풀이하며 몇 번이고 엄마를 말렸다. 엄마가 다시 풀썩 주저앉았다. 아이고, 이것아……. 엄마의 한탄과 한숨은 깊고 무거웠다. 그제야 동생은 소리를 내며 울기 시작했다. 제 엄마 팔에 매달려 아까부터 찡얼거리던 첫째가 뭘 안다는 듯이 결국 울음을 터뜨렸고, 그 기세에 아버지가 안고 있던 둘째까지 울어댔다. 우는 첫째를 안아 든 엄마도 울고 나도 울었다. 세 모녀는 억울하고 분한 걸 어떻게 해야 하는지 몰랐다. 그날 유일하게 울지 않은 건 아버지뿐이었다.

탁, 타닥, 탁, 탁— 구두굽 소리가 났다. 동생인가 싶어 현관문을 쳐다봤는데 더 이상 아무 소리가 들리지 않았다. 얼마 전에 이사 온 옆집 사람인 모양이었다. '아프네, 말하고 벌떡 일어나 앉은 일도[1]', 나는 베껴 쓰던 시의 마지막 문장을 마저 적어 내려갔다. 필사 노트를 접어두고 다시 식탁 앞에 놓은 흰 종이를 내려다봤다. 잘 깎은 연필을 쥐었다. 오늘은 쓸 수 있을까. 저 창문에 흔들리는 목련 가지에 대해서, 멀리서 들려오는 고양이 울음소리에 대해서, 늦은 밤 귀가하는 이의 가난한 발걸음 소리에 대해서, 갓 시작한 봄의 서늘한 그늘에 대해서 쓰고 싶었으나 결국 아무것도 쓰지 못하고 누워버렸다. 여섯 살, 네 살 조카아이들을 살피고 집안일을 하는 것만으로도 나의 체력은 부족했다. 진득하게 생각할 수 있는 시간이 주어지지 않았다. 딱 한 달만 아무도 없는 곳에서 살다 왔으면 좋겠다는 생각을 하며 눈을 감았다. 잠은 언제나 득달같이 달려들었다.

6시 반에는 동생의 알람이, 7시에는 엄마의 알람이 울렸다. 8시에는 아이들을 깨웠다. 한 번 차

---

1 유계영, 「심야산책」 부분, 『이런 얘기는 좀 어지러운가』, 문학동네, 2019.

오늘은 쓸 수 있을까.

저 창문에 흔들리는
목련 가지에 대해서,

멀리서 들려오는
고양이 울음소리에 대해서,

늦은 밤 귀가하는 이의
가난한 발걸음 소리에 대해서,

갓 시작한 봄의
서늘한 그늘에 대해서.

린 상에 밥과 숟가락만 바꿔가면서 아침을 먹였다. 동생, 엄마 순으로 집을 나섰다. 동생은 낮에는 회계사 사무실에서, 퇴근 후에는 파트타임으로 두어 군데의 학원에서 수학을 가르쳤다. 엄마는 사거리 건너 고시원 건물의 청소원이었고, 아버지는 그 옆에 재건축 아파트 공사장의 야간 경비원이었다.

어른들이 먹은 상에 아이 둘을 끼고 앉아 부지런히 밥을 먹였다. 첫째를 8시 40분까지 유치원 버스에 태워야 했다. 그러려면 늦어도 25분에는 집을 나서야 유치원 버스를 타는 슈퍼 앞 로터리까지 내려갈 수 있었다. 첫째를 보내고 그길로 둘째를 동네 어린이집에 떠넘기듯 맡긴 후에 집에 들어서면 9시를 조금 넘어섰다. 곧 아버지가 퇴근할 시간이었다. 아버지는 낮에 눈을 붙여야 하니 청소기라도 돌리려면 어린이집에서 숨 돌릴 틈 없이 달려 올라와야 했다.

청소를 막 마치자 아버지가 들어섰다. 치우지 않았던 아침상에 다시 밥과 데운 국을 올려놓으면 아버지는 반쯤 먹고 일어나 이불 속으로 들어갔다. 일흔이 다 되어가는 아버지는 평생 기운이 없는 사람이었다. 술 담배도 하지 않는 데다 입까지 짧다 보니 늘 삐쩍 마른 몸이었다. 좋아하는 음식은 곰국이나 갈비탕, 도가니탕처럼 뼈와 고기를 고아 끓인 보얀 국물이었다. 삼계탕이나 설렁탕도 곧잘 드셨다. 국물이 아닌 음식으로는 장어구이나 갈비, 불고기, 못해도 대패삼겹살이라도 올려야 밥 한 공기를 온전히 비웠다. 매 끼니를 그렇게 차릴 순 없었으므로 고기가 없는 평상시에는 저렇게 밥을 남겼다. 근래 들어선 그마저도 소화가 잘 안 된다면서 소화제를 달고 살았다. 나는 늘 아버지가 남긴 밥으로 아침을 때우곤 했다.

아침이야 늘 부산스럽지만 유난히 힘든 날이 있었다. 여섯 살 첫째가 철에 안 맞는 여름 민소매 원피스를 입겠다고 고집을 부린 날이었다. 아직 추워서 안 된다고 하니까 유치원은 더워서 괜찮다는 것이다. 한번 고집을 피우면 어지간해서 말릴 수 없었다. 유치원 버스를 놓칠 것 같았다. 그럼 원피스 안에 티셔츠를 입자고 했더니 기모 카디건을 골라잡았다. 알았으니 네 마음대로 입으라고 한 뒤에 유치원 가방에 티셔츠를 몰래 넣었다. 선생님에게 옷을 갈아입힐 수 있게 해달라고 문자를 넣어야 했다. 이모인 내 말은 안 들어도 선생님 말이라면 들었다. 저기 아래 유치원 차가 올라오는 게 보였다. 나는 둘째를 안은 채 첫째 손을 잡고 달리기 시작했다. 매일 아침마다 벌어지는 일이었다.

내 앞에서는 곧잘 어깃장을 부리곤 했지만 유치원에서의 첫째는 소심하고 정적인 아이였다. 체구도 작아서 늘 다른 아이들에게 치이지는 않을까 걱정이 되었다. 친구들에게 배려와 양보를 잘하는 착한 아이라는 선생들의 칭찬이 나는 하나도 반갑지 않았다. 요즘 같은 세상에 착한 건 아무짝에도 쓸모없었다. 제 몫 잘 챙기는 야무진 아이로 컸음 싶었다.

둘째는 남자애였다. 말도 늦을 모양인지 네 살인데도 제대로 할 줄 아는 말이 없었다. 그러니 우는 일이 잦았고 늘 짜증을 달고 살았다. 싫고 좋은 게 있어도 표현하지 못하니 그럴 수밖에 없었다. 첫째가 네 살 때는 어른들에게 꼬박꼬박 존댓말을 했다. 형태를 닮은 그림을 그리거나 글씨도 곧잘 흉내 내고, 가위질은 물론이고, 퍼즐 맞추기나 블록 쌓기도 수월히 해냈다. 한창 상상 놀이를 시작했고, 그네나 미끄럼틀을 거뜬히 탔다. 그런데 둘째는 기저귀도 못 떼어 아직도 펑퍼짐한 엉덩이로 어기적거리며 걸었다. 걸음걸이도 안정적이지 않아 자꾸 넘어지는데도 좀처럼 가만히 있질 않아서 어디든 뒤꽁무니를 졸졸 따라다녀야 했다. 아무리 숟가락을 쥐여줘도 마다한 채 먹을 것만 보면 덥석 손부터 나갔다. 그런데도 몸집은 첫째와 맞먹으려 했다.

아버지가 들어간 안방 문이 잘 닫혔는지 확인하고서 설거지를 시작했다. 싱크대 앞의 작은 창에 드리웠던 커튼을 걷었다. 겨우 환해졌지만 가슴 한편이 묵직했다.

“좀 일찍 다녀라.”

아침 밥상 앞에서 엄마가 기어이 동생에게 한소리를 했다. 엄마의 말이 끝나자마자 동생은 나를 쳐다봤다. 내가 엄마한테 뭐라 말한 줄 아는 모양인데 나는 동생이 언제 들어왔는지도 몰랐다.

엄마는 일찍 다니라는 잔소리 다음으로 아이들 생각하며 살라는 말을 덧붙였다. 그다음 순서는 끼니는 제대로 된 걸 먹어라, 술 많이 마시지 마라, 아무한테나 실실거리며 웃지 마라…… 엄마는 정해진 순서대로 읊을 작정 같았다. 대꾸도 하지 않던 동생이 밥을 먹다 말고 일어났다. 그러곤 현관문을 나설 때까지 입을 꾹 다물고는 식구들과 눈 한번 마주치지 않았다.

현관문이 쾅, 닫히자마자 엄마는 또 땅이 꺼지도록 한숨을 쉬었다. 나는 못 들은 척 아이들을 깨웠다. 아이들의 인기척에 엄마는 나 들으라는 듯이 중얼거렸다.

"자식새끼만으로도 부족해 이제 저것들까지. 벌이 없는 입이 몇 개냐 대체. 그러니 네 아버지나 내가 조금 더 벌어두고 죽어야 하는데……."

엄마의 레퍼토리는 언제나 내가 쓸모없는 사람 같다는 생각이 들게 했다.

미세먼지가 심한 날이었다. 집 안팎으로 부옇기는 마찬가지였다. 설거지를 마치고 집 안을 둘러보았다. 30년 동안 살아온 스무 평이 조금 넘는

이 집에 어른 넷과 아이 둘이 살고 있었다. 방 세 개, 화장실 하나, 부엌과 거실, 베란다와 다용도실은 모두 드나드는 문을 제외하고는 빈 벽이 없었다. 엄마의 구닥다리 살림에 동생네 짐과 아이들의 살림살이까지, 틈 하나 없이 빼곡히 쌓이고 꽉꽉 들어차 있었다. 아이들이 커갈수록 집은 점점 더 좁아졌다.

안방은 아버지와 엄마가, 작은방은 아이들이, 내 방은 동생이 썼다. 동생은 아이들과 같이 자겠다고 했지만 일하러 나갈 사람은 잠이 편해야 한다며 거실에 내 이불을 깔아준 건 엄마였다. 거실 창 앞에는 1년 내내 빨래 건조대가 놓여 있었다. 아이들을 키우는 집이니 빨래가 많았고 말리기는 힘들었다. 1층이어서 햇빛이 잘 들지 않아 늘 빨래를 말리고 있는 거실엔 언제나 꿉꿉한 냄새가 가시질 않았다.

미세먼지가 있든 말든 안방을 제외한 집 안의 모든 창문을 열어 환기를 했다. 세탁기를 돌린 후에는 걸레질을 했다. 아이들 운동화를 빨고 나니 흥건하게 땀이 찼다. 식탁 앞에 앉아 숨을 고르다 보니 찬바람에 등허리가 선득했다. 트득, 트드득— 소리에 놀라 뒤를 바라보았다.

고양이가 부엌 창으로 이쪽을 쳐다보고 있었다. 어젯밤에 본 고양이인가. 고양이가 발톱으로 방충망을 긁어댔다. 방충망 모서리가 조금 들떠 있었다. 지켜보니 그 구멍을 넓히려고 안간힘을 쓰는 모양새였다. 누런색과 검은색이 얼룩덜룩 뒤섞인 고양이었다. 귀도 한쪽은 누렇고 다른 한쪽은 새카맸다. 아직 어린 고양이 같았다. 겁도 없이 사람 사는 집에 들어오려 하다니. 배가 고픈가. 나는 부엌을 둘러보았다. 뭐라도 주고 싶은데 뭘 줘야 하는지 몰랐다. 싱크대 개수통에 있는 퉁퉁 불은 밥풀 몇 개를 꺼낸 뒤 나는 조심스럽게 방충망 문을 열었다. 후다닥 뒤로 물러섰던 고양이가 조심스럽게 한 발짝씩 앞으로 다가왔다. 창틀에 떨궈놓은 밥풀에 코를 대고 킁킁대더니 이내 혀를 날름거려 싹 다 먹어치웠다. 그러곤 작은 소리로 야아앙, 울었다. 그걸로 배가 찰 리가 없겠지. 나는 머리와 똥을 따놓은 국물용 멸치를 한 줌 쥐어 다시 창틀에 놓아주었다. 이번에도 다시 뒤로 물러섰다 다가와 멸치를 먹기 시작했다. 빌라의 벽돌담 너머로 지나가는 사람들이 왁자하게 떠들었다. 그 소리에 화들짝 놀란 고양이가 멸치를 놔두고 펄쩍 뛰어내려 사라져버렸다.

빌라는 한 층에 네 가구씩, 4층짜리 건물 네 동이 붉은 벽돌 벽에 둘러싸여 있었다. 목련빌라라는 이름 때문인지 화단에는 목련이 많았다. 빌라가 오래된 만큼 나무도 오래되어 목련 잎이 피기 시작하면 장관이 펼쳐졌다. 그러나 활짝 핀 목련 외에는 좋은 점은 하나도 없는 집이었다.

일단 너무 오래되어 상하수도관이 낡아 천장이나 벽에 누수가 자주 일어났고, 수압은 낮아 한 번 씻으려면 양동이에 물을 받아 써야 했다. 나무로 된 문과 문틀은 비틀어져서 여닫을 때마다 소리가 나거나 아예 안 닫히기도 부지기수였다. 싱크대와 찬장은 나무가 삭아 언제든 주저앉아도 하나도 이상하지 않을 지경이었다. 현관문은 녹이 슬어 복도까지 배어든 붉은 녹물이 지워질 줄 몰랐다. 버스가 다니는 대로변까지 한참 내려가야 했고, 가까운 지하철역까지는 버스로 일곱 정거장은 가야 했다. 게다가 1층이니 밖에서는 안이 훤히 보였고 지나가는 사람들의 목소리 정도는 아무렇지 않게 들렸다. 날이 따뜻해지기만 하면 밖에서 노는 아이들의 시끄러운 소리에 정신이 사나워지기도 했다. 벌레가 많은 건 일도 아니었다. 무엇보다도 해가 잘 들지 않는 점이 가장 힘들었는데 그 와중에 어둑해지기만 하면 두꺼운 커튼을 내려 온 창문을 가려야 하는 게 더 난관이었다. 집 안에 불을 켜는 순간 바깥에서 집 안이 낱낱이 다 보였기 때문이었다. 그러니 실내는 늘 어둑해야 했다. 커튼이 내려지면 오래된 집은 더욱 갑갑해 보였다. 사방이 막힌 상자 속에 갇힌 기분이 들곤 했다. 미세먼지가 온 세상을 잡아먹은 것 같은 나날이 이어졌다. 재난문자 경보는 하루에도 몇 번씩 울려댔다. 눅눅한 공기에 얼핏 곰팡이 냄새가 맡아졌다.

엄마는 고양이를 이미 알고 있었다. 나비 왔구나. 저녁상을 치우는데 엄마가 싱크대 앞에서 창밖을 쳐다보고 있었다.

"재 이름이 나비야?"

"고양이들은 다 나비지."

말이 끝나자마자 고양이가 창틀에 폴짝 뛰어올라 방충망을 툭툭 발로 건드렸다. 누렇고, 까맣고, 짝짝이 귀를 가진 그 녀석이었다.

"먹을 걸 주는 집인 줄 아는 거 봐라. 영 똑똑한 게 아냐."

고개를 내밀고 또랑또랑한 눈빛을 보이는 고양이에게 엄마는 마침 기다렸다는 듯이 접시에 뱉어 둔 생선 뼈를 던져주었다. 풀밭에 떨어진 생선 뼈 조각을 나비가 잽싸게 물고 어디론가 사라졌다.

현관문 여닫는 소리가 들렸다. 금세 거실 창문으로 걸어가는 아버지의 뒷모습이 보였다. 굽은 등, 느린 걸음, 펄럭거리는 바지와 헐렁한 잠바 차림의 아버지가 어느새 빌라 입구를 나가 붉은 벽돌담을 지나갔다. 아버지는 곧 시야에서 사라졌다. 가면 간다, 오면 왔다 말할 줄도 모르는 아버지였다. 발걸음 소리며 목소리 한번 크게 내는 법이 없는 사람이었다. 엄마 말로는 원래 그런 사람은 아니었다. 제법 크게 하던 사업을 제대로 말아

먹은 뒤로 변했다는 것이다. 엄마는 동업은 하는 게 아니라는 말을 매번 덧붙였다. 목련빌라로 이사를 온 직후였고, 엄마는 어떻게든 목련빌라는 날려먹지 않으려고 맞벌이를 시작했다. 이렇게나마 살 수 있게 된 건 엄마가 돈푼이라도 벌고, 쥐어짜는 살림을 해왔기 때문이었다. 아버지는 그 뒤로 절대 사업 같은 것에 눈길조차 두지 않았고, 액수가 적어도 꼬박꼬박 월급이 나오는 데에서만 일을 했다. 아버지는 집안의 모든 결정을 모두 엄마에게 맡겼다. 엄마가 좋으면 아버지도 좋고, 엄마가 싫으면 아버지도 싫다는 뜻이었다. 내가 보기엔 맡긴 게 아니라 미룬 것처럼 보였고, 회피에 가까웠다. 자연스럽게 아버지의 의견은 별로 중요하지 않게 되었다. 아버지는 어떻게든 본인의 존재감을 드러내지 않으려 애쓰는 사람 같았고, 스스로를 감추다 못해 이제는 스스로 사라지고 싶어 하는 사람처럼 여겨지기도 했다.

아버지가 7시에 출근을 하면 나는 더 분주해졌다. 두 아이를 씻기고 재운 뒤에 빨래를 개고 집안 정리를 마쳐야 하루가 끝이 났다. 매일매일,

3년 동안 해온 일인데도 저녁 설거지를 할 때쯤이면 체력이 다 떨어져 나도 모르게 표정이 굳어지곤 했다. 뒤통수가 터질 것 같은 두통이 밀려오는 시간이기도 했다. 나는 행주를 빨다 말고 진통제 두 알을 집어삼켰다. 그걸 본 엄마가 그냥 넘어가지 않았다.

"그거 자꾸 먹으면 내성 생긴다."

"아픈 걸 어떡해."

"사람이 참을 줄도 알아야지."

"해결 방법이 있는데 굳이 왜 참아."

"어떻게 너 하고 싶은 대로만 사니."

"한 번이라도 좋으니 제발 내 마음대로 살아봤으면 좋겠네."

"누가 살지 말래?"

나는 엄마를 쳐다봤다. 내가 아무것도 못 하고 아무 데도 못 가는 건 결국 식구들 때문이었다. 얼굴이 달아올랐다. 요즘 들어 갑자기 더워지는 일이 잦았다. 체한 것처럼 가슴이 묵직했다. 설거지를 마치고 음식 쓰레기 거름망을 뒤적였다. 생선 가시에 붙어 있는 살점들을 일일이 다 떼어

내다 말고 이게 다 무슨 소용인가 싶어 손에 쥔 생선 뼈를 냅다 집어던졌다. 가시와 살, 껍질과 껍데기, 말려서 버릴 것들을 일일이 구분해야 할 일들이라는 걸 알았지만 그만두기로 했다. 나는 검은 비닐봉지에 눈에 보이는 건 모조리 다 쓸어 담기 시작했다. 싱크대에 널브러진 음식 쓰레기들이며 과자 봉지, 요구르트 병이며 발치에 굴러다니던 동그랗게 말린 둘째 기저귀까지 한데 다 집어넣어 꽉 묶어버렸다. 내가 동동거리며 노력하고 애쓰는 일들의 결과가 너무 미미하다는 걸 깨달을 때마다 허무해지곤 했다. 플라스틱 포장재에 겹겹이 둘러싸인 물건을 사게 되면 플라스틱 빨대를 쓸 때마다 들었던 죄책감이 무의미해졌던 것처럼. 그럴 때면 그냥 포기해버렸다. 나 혼자 애쓴다고 될 일이 아니었다. 나 혼자 바르게 산다고, 나 혼자 제대로 산다고 해서 변할 리가 없었다. 나는 누구보다 분리수거를 철저하게 하고, 그 누구보다도 열심히 집안일을 했지만 나의 노력은 너무 쉽게 보잘것없는 것으로 전락되었다. 내가 식구들의 일상을 위한 도구로 사용되는 것에 화가 났다. 그게 잘 참아지질 않았다. 어쩔 수 없이 선택한 상황이었을 뿐이었다. 내가 들인 노력에 적당한 대가를 받고 싶었다. 대가란 고생한다고, 수고한다고, 그래서 고맙다는 마음이면 되었다. 말뿐이어도 좋으니 말이라도 그렇게 해주길 바랐다.

아이들이 텔레비전 앞에서 서로 자기가 보고 싶은 걸 보겠다고 투덕거렸다. 그 소리가 영 거슬렸다. 아이들을 말리지도 않고 안방에 쏙 들어가 핸드폰만 들여다보는 엄마의 허연 발뒤꿈치가 꼴보기 싫었다. 세탁실 앞에 허물처럼 홀딱 뒤집어 벗어놓은 아버지의 사각팬티도, 여기저기 아무렇게나 굴러다니는 동생의 머리끈도 다 짜증스럽게 느껴졌다.

“이모 아파?”

막 씻겨 나온 첫째를 마른 수건으로 닦아주는데 첫째가 물었다. 얼마 전인가, 왜 그렇게 무서운 표정을 짓느냐고 물어봤던 날이 있었다. 나도 모르게 찌푸리고 있던 걸 무섭게 느낀 모양이었다. 그때 아파서라고 대답했더니 그날 이후로 밤만 되면 물어왔다. 그러니까 나는 매일 밤마다 찡그린 얼굴이었고, 매일 밤마다 짜증이 가득이었고, 그걸 어린것들에게 그대로 드러냈다는 뜻이었다.

앞에 앉히고 드라이어로 젖은 머리를 말려주는데 첫째가 고함을 치듯 물어봤다.

"이모! 약 먹었어?"

응! 나도 크게 대답했다. 첫째는 앉아 있는 채로 팔만 뒤로 돌려 내 무릎을 투덕투덕 두드렸다.

"잘했어."

나는 그대로 첫째의 어깨를 꼭 껴안았다. 인상 써서 미안해.

"이모! 엄마는 오늘도 늦게 와?"

"그럴 것 같아."

"맨날 늦어. 그럼 전화해볼까?"

"아니, 엄마 지금 바빠서 전화 못 받아."

첫째는 금세 풀이 죽었다. 나는 가느다랗고 긴 머리칼을 세심히 말렸지만 아이의 기분을 풀어줄 여력은 없었다. 나는 핸드폰으로 첫째가 제일 좋아하는 〈지오키즈〉를 틀어주었다. 첫째는 언제 그랬냐는 듯이 헤벌쭉 웃으며 이불 위에 벌렁 누워 영상을 보기 시작했다.

첫째가 끝나면 둘째 차례였다. 둘째에 비하면 첫째는 일도 아니었다. 둘째는 다루기가 나날이 어려워졌다. 옷을 벗겨놓으면 벗은 채로 집 안 한 바퀴, 안 씻겠다고 온몸을 비틀어대느라 나까지 홀딱 젖으며 씻어 내보내면 기저귀를 안 차겠다고 또 집 안 한 바퀴, 기저귀 채우면 채웠다고 한 바퀴, 상의를 입고 한 바퀴, 바지를 입고 한 바퀴……. 밤이면 어깨와 허리가 욱신거렸다. 한 해가 다르게 몸이 부치는 게 실감이 났다.

두 아이를 다 씻기고 나면 부지런히 이부자리를 깔았다. 아이들이 누우면 얼른 불을 끄고 아이들 사이에 누웠다. 첫째가 유치원에서 있었던 일을 쫑알거리다가 언제 그랬냐는 듯이 말이 뚝 끊겼다. 이내 고롱고롱 고른 숨소리가 들렸다. 그러거나 말거나 둘째는 깜깜한데도 혼자 손가락을 빨며 이리저리 굴러다녔다. 족히 한 시간은 저래야 잠드는 아이였다. 나도 모르게 한숨이 나왔다. 할 일이 더 남아 있었다. 두 아이들이 모두 잠이 들어야만 방을 나갈 수 있었다. 깜빡깜빡 졸다가

퍼뜩 정신을 차려보니 둘째가 저기 옷장 앞까지 굴러가 잠이 들어 있었다. 조심스럽게 아이를 이불 위에 눕히고 방을 나섰다. 피곤과 고단이 내 발목을 부여잡아 질질 끌려 나오는 것 같은 기분이었다. 그러나 하루의 연장전이 남아 있었고, 그것까지 마쳐야 겨우 식탁 앞에 앉을 수 있었다.

엄마는 텔레비전을 틀어놓고 리모컨을 손에 쥔 채, 코까지 골면서 자고 있었다. 조심스레 리모컨을 꺼내려 하자 엄마가 번쩍 눈을 떴다. 제대로 주무시라고. 안 자, 나 안 잔다니까. 줘, 연속극 봐야 해. 나는 말없이 이불을 끌어 엄마에게 덮어주었다. 혼잣말인지 잠꼬대인지 중얼거리던 엄마는 금방 다시 잠이 들었다. 그제야 온 집 안이 고요해졌다. 다음 날 아침에 먹을 쌀을 불리고, 국을 끓이고, 두어 가지 나물을 무쳤다. 부엌 정리와 그새 또 부산해진 거실을 치우자 자정에 가까워져 있었다. 눈꺼풀이 무거웠다. 그대로 자고 싶었다. 하지만 동생이 들어오지 않았다. 무엇보다도 흰 종이 앞에 앉아야 했다. 쓸 수 있든 아니든, 하루도 거르지 않고, 단 1초만이라도 흰 종이 앞에 앉고 싶었다. 그렇게라도 하지 않는다면 나는 이대로 죽어버릴 것 같았다.

며칠째 읽고 있는 시집과 필사 노트, 흰 종이와 잘 깎은 연필 한 자루. 나는 차례대로 식탁에 가지런히 놓았다. 무엇이든 한 장을 채워야 잘 수 있다는 주문을 건 사람처럼 흰 종이를 노려봤지만 선뜻 연필을 쥘 수는 없었다. 영산홍이 붉은 물을 올리고 있다고, 등이 굽은 아버지는 떨어지는 벚꽃잎을 맞으며 일하러 갔다고, 달빛 하나 보이지 않는 깊은 밤에 식구들은 하염없이 잠이 들고, 아직 귀가하지 않은 식솔 하나를 떠올리며 새벽을 맞이하고 있다고, 그 깊은 어둠 속에서 노란 민들레가 대견하게 꽃을 피우며 새벽을 부르고 있다는 것에 대해 쓰고 싶었다. 쓰고 싶지만 써지지 않았다. 연필을 잡는 법을 잊어버린 것 같다고, 벙어리가 된 것 같다고, 생각하는 방법을 잊어버린 것 같다고 누구에게든 털어놓으면 이 갑갑증이 좀 나아질까. 마음처럼 되지 않는 글이, 아무짝에도 쓸모없는 나의 전공이, 마흔 살이라는 중압감이, 그럼에도 불구하고 두 조카들에게 꼼짝없이 손발이

묶인 나의 현실이, 내가 자처한 족쇄에 엉켜 탈출할 수도 없는 이 집이, 나에게는 육중한 관처럼 느껴졌다. 내 안의 언어를 꺼내지 못한 실패자가 된 나는 필사 노트를 펼쳐 시집의 한 페이지를 한 글자 한 글자 아주 천천히 베껴 써 내려갔다.

(……) 누군가의 글씨 위에 겹쳐 쓰는 나의 글씨가 있었다. 늙은 눈길을 따라 흘러내리는 눈길이 있었다. 그것은 늙은 등으로 천천히 걸어가고 있었다. 늙은 등은 느리고 흐릿하게 불을 밝히고 있었다. 한 발 내딛고 다시 돌아보는 길이 있었다.[2]

딱, 따닥, 따닥다— 불규칙한 걸음 소리가 들렸다. 필사를 멈추고 고개를 들어 시계를 보니 새벽 2시 반이었다. 현관문이 확 열리더니 동생이 들어섰다. 구두를 다 벗지도 못한 채 거실 바닥으로 고꾸라졌다. 독한 술 냄새가 났다. 제 몸

---

2 이제니, 「고양이의 길」 부분, 『그리하여 흘려 쓴 것들』, 문학과지성사, 2019.

하나 가누지 못할 정도로 취해서 집은 어떻게 찾아왔는지 신기할 지경이었다. 동생 가방에서 벨소리가 울렸다. 이상식, 처음 본 이름이었다. 받을까 하다 말았다. 전화는 그 뒤로 세 번 더 걸려왔다. 나는 동생을 질질 끌어 거실 바닥에 눕히고 겉옷을 벗겨주었다. 동생은 뭐라 뭐라 중얼거리다가 헤실헤실 웃어댔고, 또 허공에 삿대질을 하다가 괴롭다는 듯이 온몸을 웅크리며 끙끙 앓는 소리를 냈다.

동생의 일상이 녹록지 않다는 걸 모르지 않았다. 아침부터 자정 가까이까지 몸이 부서져라 일하는 것도 잘 알고 있었다. 그러나 나는 사회생활을 하는, 이토록 진탕 술에 취할 수 있는 동생이 부러웠다. 이렇게 살라고 등 떠민 건 사실 나였다. 그건 분명 잘한 일이었다. 그렇지만 내가 누리지 못한 걸 가진 동생을 보며 상실감에 빠지게 될 줄은 예상하지 못했다. 물론 예상했더라도 결정을 번복하진 않았을 테지만.

3년 전, 장마를 앞두고 있는 여름이었다. 더위도 더위인 데다 습기까지 높아 온몸이 눅진하게 가라앉는 하루였다. 그 사람과 보름 만에 만난 날이었는데도 지치는 날씨에 차가운 커피만 마시고 서둘러 헤어진 날이었다. 샤워를 하고 나오자 집 안에 매운 풋내가 가득했다. 엄마가 동생에게 열무김치를 가져다주라고 했다. 이제 막 들어와 씻고 나온 참인데 다시 집을 나서라니. 내일 가겠다는데 엄마는 갓 담갔을 때 먹이겠다며 당장 다녀오라는 것이었다. 언제부터 그랬다고, 참 유난하다고 구시렁댔지만 결국 엄마의 성화에 못 이겨 싸주는 대로 들고 집을 나섰다.

동생이 풋김치를 좋아하기는 했다. 둘째를 낳은 지 한 달쯤 되었으니 일부러라도 들여다볼 참이기는 했다. 김치와 두어 가지 밑반찬을 들고 동생네로 가는 동안 계속 동생에게 전화를 걸었다. 갓난쟁이를 데리고 어디 갔을 리도 없는데 동생은 좀처럼 전화를 받지 않았다. 동생네 아파트 입구에 도착하니 밤 10시경이었다. 불쑥 올라갈 수는 없어 동생네 아파트 현관 앞에 서서 전화를 걸었다. 계속 받질 않았다. 나는 받지 않는 핸드폰을 들고 1층, 2층, 3층…… 8층, 올려다보니 동생네 거실에 불이 켜져 있었다. 언뜻 검은 움직임이 보였다. 집에 사람은 있다는 뜻이었다. 나는 무례인 걸 알면서도 무작정 동생네로 올라갔다. 현관문 앞에라도 놓고 오겠다는 심산이었다.

동생네 가는 게 꺼려졌던 건 늦은 시간이어서만은 아니었다. 나는 처음부터 제부가 싫었다. 결국 제부와 결혼한 동생도 탐탁지 않기는 마찬가지였다. 결혼 전, 사귀는 남자가 있는 줄은 알았는데 어느 날 불쑥 임신 5개월이라며 식을 올리겠다던 동생에게 느꼈던 실망이 쉽게 가시지 않았다. 동생은 서른한 살이었다. 제부가 될 남자는 나보다도 네 살이 많았다. 내일모레 마흔 살이 될 남자가 서른한 살짜리한테 일부러 임신을 시켰다고밖에 생각이 미치지 않았다. 혼전 임신으로 나이 차이를 극복해보려는 수작처럼 여겨졌다. 물론 동생은 그저 둘의 실수였고, 자기네는 사랑하는 사이이며 결혼할 계획이라고 했다. 그럴수록 나는 남자의 의도가 못마땅했다.

엘리베이터에서 내리자마자 비명 소리가 들렸다. 울음소리도 어렴풋이 들렸다. 설마, 하는 마음에 현관 벨을 눌렀다. 대꾸가 없었다. 나는 연거푸 벨을 눌러댔다. 분명 집 안에 사람이 있었다. 한참 만에, 누구야! 제부의 성난 목소리가 들렸다.

집 안은 가관이었다. 여기저기 쓰러진 화분에서 쏟아진 흙과 자갈들, 마구 던져져 깨지고 부서진 장식품들과 아이들의 장난감으로 엉망이었다. 동생은 겉싸개도 하지 않은 갓난쟁이를 한 팔로 끌어안고, 남은 한 손으로는 제 어미 허리춤에 매달려 훌쩍이는 첫째를 감싸고 있었다. 동생은 나를 보자마자 숨기고 말 것도 없는 상황에 이내 낙담한 듯 고개를 돌려버렸다.

"이게 지금 무슨 상황이야?"

동생도 제부도 입을 다물었다.

"부부 싸움을 원래 이렇게들 하니?"

"우리 일이니까 참견하지 마시라고!"

고함을 친 제부에게서 불쾌한 술 냄새가 확 끼쳤다. 그제야 동생의 한쪽 뺨에 빨갛게 부어오른 선명한 손자국이 보였다.

"애를 때렸어?"

제부는 대답은 안 하고 담배를 피워 물었다. 나

는 성큼 다가가 입에 문 담배를 낚아채 바닥에 내팽개쳤다. 그러곤 눈을 치켜뜨고 노려봤다. 제부가 픽 웃으며 내 앞으로 다가왔다.

“때릴 만하니까 때렸다고요. 그쪽이랑 볼일 없으니까 이제 그만 가시지.”

그러더니 제 가슴팍으로 내 어깨를 툭 쳐 밀었다. 나도 모르게 뒤로 휘청 밀려나버렸다. 순간 머릿속이 새하얘졌다. 온몸이 부들부들 떨렸다.

“야, 이 개새끼야!”

나도 모르게 고함을 지르고 나니 주먹이 불끈 쥐어졌다. 사람을 때려? 이런 씹어먹을 새끼! 혼잣말을 내뱉고는 고개를 숙여 곧바로 그 새끼를 향해 달려들었다. 머리로 있는 힘껏 제부의 명치를 들이받았다. 억, 소리를 내며 제부가 주춤 뒤로 물러서다 중심을 잃고 주저앉았고, 그 바람에 바닥에서 저 혼자 타들어가던 담배를 짚고 말았다. 소리를 질러대며 펄쩍 뛰어오르다 저 혼자 중심을 잃고는 다시 넘어졌다. 이때다 싶은 나는 마침 눈에 보이는 다리미를 집어 들고 달려들었다. 언니! 그러다 정말 사람 죽어! 동생이 내 팔을 잡아

끌었다. 제 손바닥과 나를 번갈아 쳐다보던 제부가 에이, 씨발! 지껄이고는 나에게 침을 뱉고 집을 나가버렸다. 쿵, 현관문이 닫히는 소리에 정신이 번쩍 들었다. 무슨 일이 있었는지 잠시 아득해졌다. 두 아이가 그악스럽게 울어댔지만 동생은 나를 안고 울었다.

고개도 못 가누는 갓난쟁이를 안은 두 팔이 저릿해왔다. 한참 동안 울음을 그치지 못하던 첫째는 제 엄마 품에 안겨 겨우 숨을 고르고 있었다. 동생과 나는 아이를 하나씩 안고서 재우기 위해 앞뒤로 몸을 흔들흔들 움직였다. 첫째가 잠이 들자 동생이 입을 열었다.

동생이 외도를 한 건 둘째를 가지기 직전이라고 했다. 뭐? 누가? 네가? 안고 있던 둘째가 내 목소리에 꿈틀거렸다. 동생은 일단 아무 말 말고 끝까지 들어달라고 했다. 나는 다시 둘째를 다독였다.

제부에게는 전처가 있었다. 전처로부터 아이도 있었다. 동생과 결혼을 하고 나서도 계속 전처와 아이를 만나왔다. 그 사실을 알게 된 동생은 헤어지자고 했고 제부는 두 번 이혼은 못 하겠다며 일축해버린다. 대화가 불가능했다. 불화는 잦은 싸움으로, 싸움은 점점 더 격렬하게 진화한다. 동생은 가만히 있을 수 없다는 마음이 든다. 될 대로 되라는 마음도 든다. 마침 동문회가 있었고, 홧김에 외도를 저지른다. 그 사실을 제부에게 알린다. 자, 너도 이제 이런 나와 살 수 없겠지? 하는 말에 제부는 동생의 뺨을 올려붙였다. 그때부터 폭력이 시작된다. 강간이 수반된다. 둘째는 제부의 강간으로 갖게 된 아이였다. 제부는 모두 동생 잘못이라고 한다. 자기의 비밀은 가정을 지키기 위해서였지만 동생의 외도는 가정을 파탄 내는 짓이었다. 아니라고 말하는 순간, 아니라고 생각하는 순간마다 폭력과 강간이 벌어졌다.

이렇게 문드러지게 어떻게 살았냐는 말에 동생은 반발보다는 포기와 체념이 수월했다고 했다. 식구들에게 도움을 요청하지 못한 건 식구들이 말렸던 결혼을 했기 때문에, 자기가 억지를 부린 결혼이었기 때문이라고 했다.

나는 당장 집으로 가자고 했다. 세상에서 가장

중요한 건 너 자신밖에 없다고. 네가 끌어안고 있는 새끼들을 생각하라고. 아무것도 모르는 어린 것들에게 그늘을 만들어야겠냐고. 동생은 좀처럼 울음을 그치지 못했다. 나는 차분히 설명하고 또 설명했다. 결론은 단순했다. 지옥에서 벗어나는 것부터 하자. 인생을 허비할 필요가 없다, 가족들이 도우면 이혼 절차를 밟는 것도 어렵지 않을 것이다, 아이들은 같이 키우자. 동생의 눈물이 그치자 날이 밝아오기 시작했다. 어느새 창밖으로 굵은 빗방울이 떨어지기 시작했다.

필사의 밤

하루의 일과란 매일이 똑같았지만 어느 하루도 같은 날은 없었다. 다른 것들이란 주로 아이들에 관한 것들이었고, 같은 건 시를 쓰지 못한다는 것뿐이었다. 나는 몇 년째 오로지 필사만 하는 중이었다.

필사 노트는 B5 사이즈의 스프링 노트였다. 대학 시절부터 채워온 필사 노트만 라면 박스로 족히 일곱 개는 되었다. 나는 그걸 버리지 못하고 베란다 창고에 차곡차곡 모아두고 있었다.

물론 내가 쓴 시를 적어두는 노트도 있다. 시는

주로 낙서처럼 그림으로 그려놓거나 단어들, 문장들을 나열한 뒤, 그것들의 조합으로 구성할 때가 많았다. 그도 아니면 일기나 편지처럼 산문을 죽 적은 뒤에 적절한 문장을 추리는 방법도 있었다. 한 편을 완성하기 위해선 공책 한 권이 다 필요한 적도 있고, 한 장이면 족할 때도 있었다. 그렇게 완성된 시는 파일로 저장을 한 다음, 무지 노트에 다시 옮겨 적어두었다. 파일은 연도별로 정리된 폴더에, 완성된 시는 연도별 창작 노트에 적어 보관했다. 그것이 내가 시를 쓰는 과정이자 순서였다.

그러나 동생이 집으로 돌아온 이후부터, 그러니까 3년 전부터 나는 아무것도 쓰지 못하고 있었다. 쓸 것이 없어서가 아니었다. 쓸 것들은 오히려 많아졌다. 그러나 쓸 시간이 없었고, 머릿속을 정리할 공간이 없었고, 나에게 집중할 틈이 없었다. 이제는 조용히, 고즈넉하게, 쓸쓸히, 오롯이, 동떨어져서, 가만히, 차분하게 같은 단어들을 누릴 수 없었다.

고등학교 3년 동안 장래 희망에 '없음'이라고

적었던 나는 지원했던 학교에 모두 떨어지고, 재수를 하고도 대입에 실패했다. 좋은 대학을 꿈꾸었던 것도 아니고, 특별히 원하는 전공도 없었던 탓에, 삼수를 할 마음도 이유도 없었다. 그만큼의 실력도 없었거니와 대학교 진학 자체에 대한 열망이 없었다. 아버지는 공무원시험을 권했다. 학벌이나 나이에 구애받지 않으며, 안정적인 직업으로 적격이라고 했다. 나는 스물한 살 여름부터 공시 학원을 다니기 시작했다.

나는 왜 하고 싶은 게 없는 아이였을까. 넉넉하지 않은 집의 장녀로 자랐으면 다른 세상으로 나아가려는 욕망을 품었음 직도 한데, 그도 아니면 답답한 집을 떠나 혼자 살고 싶다는 생각을 해봤을 법도 한데, 나는 그저 가만히 있는 걸 좋아하는 아이일 뿐이었다. 변화나 시끄러운 걸 좋아하지 않았고, 몸을 움직이는 놀이도 즐겨하지 않았다. 집에 있던 많지 않은 책을 읽고 또 읽거나, 다 쓴 달력 뒷장에 빼곡하게 낙서를 하거나, 반듯하게 누워 천장의 벽지 무늬를 눈으로 따라가며 상상하거나, 그도 아니면 창밖을 멍하게 바

나는 왜

하고 싶은 게 없는 아이였을까.

넉넉하지 않은 집의

장녀로 자랐으면

다른 세상으로 나아가려는

욕망을 품었음 직도 한데,

나는 그저 가만히 있는 걸

좋아하는 아이일 뿐이었다.

라보는 걸 좋아했다. 엄마는 그런 나를 게으르다고 표현했고, 동생은 꿍꿍이가 있는 사람처럼 보인다고 놀렸다. 아버지만이 세심한 성격이라고 말해주었다.

대신 동생이 똑똑하고 야무졌다. 기대는 동생에게 집중되었다. 부모의 기대를 받지 않은 나는 어떤 삶을 살든 부모에게 평가받지 않았다. 잘하라는 북돋움도, 못한다는 질책도 받지 않았다. 무엇이 되라는 강요도 없었지만 무엇이 되지 않아도 실망하지 않았다. 나는 아무것도 하지 않는 사람으로 살아도 상관이 없었다. 아무여도 상관이 없었다.

동생은 나와 많이 달랐다. 전교 상위권을 유지하기 위해 늘 쉬지 않고 공부하는 아이였다. 없는 살림에 지속적으로 학원도 다녔다. 부모에게 동생은 기꺼운 투자 대상이었다. 힘겨운 하루의 값진 의미가 되었고, 고단한 노동의 보상이자 벌이의 가치를 심어준 자식이었다. 동생은 착실한 아이였다. 한눈팔지 않고 자기 할 일을 해냈다. 명문대는 아니었지만 원하던 대학의 원하는 과에 무리 없이 입학했다. 계획에 따라 자신을 설계하고 미래를 준비해갔다. 대학을 다니면서는 과외로 학비를 벌었고, 한 번의 휴학도 없이 대학원까지 마쳤다. 말은 안 했지만 박사과정까지 밟고 싶어 했던 동생이라는 걸 식구들은 다 알았다. 하지만 동생이 먼저 밝히지 않는 이상 가고 싶은 곳으로 가라고 하지 않았다. 현실적인 한계라는 것, 극복하지 못한 경제적 한계에 대해 누구보다도 동생이 먼저 절망했을 터였다. 대학원을 졸업하고 동생은 자신이 원하는 회사에 입사했다. 동생 입장에서는 매 고비마다 턱걸이 수를 하나씩 늘려가는 것처럼 어렵고 힘겨운 단계였을지 몰라도 겉으로 보기에는 순탄히 제 갈 길을 잘 가는 것처럼 보였다.

동생에 비하면 나의 이십 대는 무엇 하나 제대로 된 것이 없었다. 재수 실패 후, 3년간 매달렸던 공무원시험은 아무 성과도 없이 끝나버렸다. 동생은 제 학비를 벌면서 대학을 다녔지만 나는 오로지 부모에게 손을 벌려야만 하는 입장이었다. 아버지가 권한 길이었으니 부모의 비용 부담에

부채감을 가지진 않았다. 그러나 3년 연속으로 떨어지고 나니 그 길이 아닌 것만은 확실했다.

스물다섯 살이 되어서야 나는 아르바이트를 하면서 처음으로 돈을 벌기 시작했다. 스물다섯 살 고졸, 기술이나 자격증 하나 없는 내가 수월하게 구할 수 있는 일자리는 별로 없었다. 피시방 야간 아르바이트를 시작으로 식당의 주방 보조, 홀 서빙, 카페 아르바이트 등을 전전했다. 엄마는 월급이 적어도 의료보험이 되는 회사에 들어가기를 바랐지만 그게 생각처럼 쉬운 일은 아니었다. 아르바이트를 시작한 첫해는 여기저기 면접을 보러 다니기도 했지만, 어느 순간, 어쩐지 나는 보통의 삶을 살 수 있는 사람이 아니라는 생각이 들었다. 보통의 사람들이 보통의 삶이라고 규정지은 것들, 학교와 직장과 적당한 수입, 가족을 일궈 안정적인 일상을 꾸리고, 노후를 준비하며 일생을 보내는 일련의 과정들. 그 과정을 영위하기 위한 현실적인 실천 의지 같은 것들. 그런 것에 흥미가 없었으므로 가지고 싶은 열망도 없었다. 일반적인 삶에 관심이 없다는 것을 인식하자, 그제야 가슴

속에서 꿈틀거리는 것이 보였다.

10년이 넘도록 하루도 빼먹지 않고 써온 일기들과 정확한 문장으로 완성되지 않은 낙서들, 무엇보다도 국어책이나 문학책 지문에서 눈에 띄는 시를 만나게 되면 그날 당장 서점으로 달려가 그 시인의 시집을 사들고 그 자리에서 한 번에 다 읽어냈던 일들. 그런 날에는 온몸에 단어들이 솟아나는 것 같은 착각이 들던 경험들이 새삼스럽게 떠오르기 시작했다. 나는 하고 싶은 게 없는 것이 아니라, 하고 싶은 걸 못 찾은 것도 아니라, 그저 내가 하고 싶은 걸 모른 척 무시하고 안 보이는 척 외면해왔던 것이다.

동생이 대학교 3학년이 되던 해부터 나도 다시 공부를 시작했다. 일단 공공 도서관의 독서회에 가입했고, 도서관이나 기관에서 시행하는 인문학 강좌를 찾아 듣기 시작했다. 지역 평생교육원에 개설된 창작글쓰기 수업에 등록한 것도 그해였다. 오전엔 독서회 모임과 강좌를 들으러 다녔고, 오후엔 카페 아르바이트를 했다. 단순한 일상이었지만 묘한 흥분에 둘러싸여 지상으로부터 한 발짝쯤 붕 뜬 상태로 살던 해였다.

그해가 끝날 무렵, 한 해 동안 유행했던 노래를 한자리에서 들려주는 프로그램을 틀어놓고 동생과 나는 캔맥주를 마시고 있었다. 며칠 뒤면 새해였고, 스물일곱 살이 목전이었다. 동생이 무심하게 물었다.

"언니는 글을 쓰고 싶은 거지?"

순간 엄청난 잘못을 저지른 아이처럼 얼굴이 붉어졌을 것이다. 마치 거짓말을 하다 들킨 것처럼 창피한 마음이 드는 한편, 몰래 착한 일을 한 것이 드러나 이제야 칭찬받는 것마냥 쑥스러운 마음도 들었다. 아니라고 숨기고 싶다가도, 알아줘서 고맙다고 말하고 싶었다. 나는 처음으로 내 안에서 자라고 있는 걸 밝혔다. 티끌보다 더 작은 것이 간신히 뿌리를 내리고, 안간힘으로 중력 반대 방향으로 고개를 쳐든 연하디연한 작은 싹과 같은 나의 희망에 대해서. 나는 간신히 고개를 끄덕이며 그렇다고 말했다. 무슨 글을 쓰고 싶으냐고 물어본 것도 동생이 처음이었다. 나는 한참 동안 대답을 하지 못했다. 동생은 참을

성 있게 내 대답을 기다려줬다. 나는 간신히 입을 벌려 발음했다.

"시."

그 순간, 마음속에서 자라나던 그 창백한 연두색 싹이 불쑥 커 올라 이파리를 막 뻗치는 기분이 들었다. 활짝 펼쳐진 잎들은 앞다퉈 반짝였다. 이런 기분을 언어로 어떻게 표현해야 하는지 나는 그저 아득하기만 했다.

동생은 자기 학교 평생교육원에 창작실습 과목이 있다는 것을 알려주었다. 동생이 4학년이 되던 해, 나는 일주일에 두 번씩 동생과 함께 등교했다. 일주일에 두 번, 두 시간씩 시 창작 수업을 들으면서 나는 처음으로 대학생이 되고 싶다는 열망이 생겼다. 시를 잘 쓰기 위해서는 시에 대해서 더 알아야 했다. 또한 시만 알아서도 안 된다는 걸 배웠다. 단어를 선별하고 문장을 배열하기 위한 기술과 기교뿐만이 아니라, 시를 읽을 줄 아는 방법은 물론이고, 심지어 시를 부수는 것도 배워야 했다. 시를 만들기 위해 쌓아둬야 할 기본 지식들이 무엇인지, 언어를 엮기 위해서 갖춰야 할 세계를 향한 시선이 왜 중요한지 깨달았다. 그동안 내가 들어왔던 수업들의 한계를 알고 나니 심한 갈증이 났다. 나는 가장 중요한 기본과 조금 더 전문적이고 체계적인 커리큘럼이 필요했다. 한번 생긴 갈급증은 멈출 줄 몰랐다. 이런 이야기는 동생에게만 할 수 있었다.

내 입으로 시를 쓰고 싶다고, 시인이 되고 싶다고 말하는 건 검은 입을 벌려 나를 홀딱 뒤집어놓는 것처럼 창피한 일처럼 여겨졌다. 하지만 동생 앞에서만큼은 용기를 냈다. 세상에 내 편 하나는 만들어놓고 싶었다. 나를 이해하는 사람이 한 명은 있었으면 했다.

대학에 들어가라고 권한 건 동생이었다. 나는 쉽게 대답하지 못했다.

"언니 나이 이제 겨우 스물여덟 살이다. 평생을 생각해봐. 3분의 1도 안 살았어. 아니 10년 뒤나 20년 뒤를 생각해봐. 지금이 얼마나 젊고 어렸었는지 그때 돼서야 후회할래? 이대로 포기하면 왜 그때 아무것도 안 했나 후회할 게 뻔하잖아. 우리 학교에도 언니보다 나이 많은 사람들이 얼마나 많은 줄 알아? 그냥 하는 말이 아니라, 정말 나이 때문이라면 주저할 이유가 전혀 없어. 그건 정말 아무것도 아니라고."

어느 구절 하나 틀린 게 없었다.

"알아서 더 겁나는 것도 있는 거야."

"뭐가 그렇게 겁이 나는데. 또 공부하는 거? 학비?"

"또 떨어지면 어떡해."

동생이 부드러운 눈빛으로 나를 응시했다.

"시를 쓰거나 시인이 되기 위해서 꼭 대학을 나와야만 되는 건 아닐 거야, 그치? 그렇게 보면 어떤 종류든 글을 쓰는 일이 다 그럴 테고. 근데, 언니. 아무것도 하지 않는 것보다는 뭐든 시도해보는 게 의미 있다는 거, 이미 언니도 잘 알고 있잖아. 해보고 안 되면 그때 말자. 그때 포기해도, 그때 다른 길을 찾아도 돼. 언니가 그랬잖아. 시를 쓰는 데 필요한 진짜를 모으고 싶다고."

동생이 내 어깨를 쓸어주었다. 봄에 대학원에 들어간 동생은 오히려 나보다 훨씬 언니 같았다.

"내가 도와줄게."

조용히 내 손을 잡아준 동생의 그 따스한 체온을 나는 오랫동안 잊지 못했다.

동생의 권유와 지지로 그다음 해, 스물아홉 살이 된 나는 야간전문대학의 문예창작과에 입학했다. 학자금 대출을 받아 등록금과 수업료를 댔다. 나는 08학번이었고, 나보다 아홉 살이 어린 아이들이 입학하던 해였다. 야간 수업이라 그런지 갓 스무 살이 된 아이들이 반 정도, 다양한 연령대가 남은 반을 차지했다. 현역 아이들을 제외하고는 내 나이도 어린 축에 들었다.

수강생들은 면면이 다 달랐다. 적극적으로 수업에 참여하는 사람이 있는가 하면 입 한번 뻥긋하지 않은 채 수업 내내 고개를 숙이고 있던 이들, 이미 예술가가 다 된 듯이 만용에 가까운 허세를 부리는 치들, 포즈에 취해 포즈에 매몰된 애들도 많았다. 억지로 잡혀 온 사람인 양 수업이 끝나자마자 강의실을 뛰쳐나가는 사람, 어떻게든 무리를 만들어 술이라도 한잔하고 가야 직성이 풀리는 이들도 있었다. 학과보다 교내나 동아리 활동

"내가 도와줄게."

조용히 내 손을 잡아준
동생의 그 따스한 체온을
나는 오랫동안 잊지 못했다.

에 열을 올리는 아이들도 있었고, 중간에 그만둔 어린 친구들도 제법 되었다. 2년 동안 단 한 번도 말을 섞지 못한 사람도 있었고, 2년 내내 옆자리에 앉아 같이 수업을 들은 동기도 있었다. 무엇보다도 극명하게 두드러지는 두 무리는 매 시간마다 잘 썼다고 칭찬을 받는 이들과 단 한 번도 이름이 불리지 않는 사람들이었다. 혹은 성실하지 않아도 결과물이 좋은 사람들과 누구보다 성실해도 더디고 느려 뒤처지는 사람들도 있었다. 나는 주로 후자에 속했다.

나는 2년간 시론을 비롯해, 소설창작론, 희곡론, 문예론, 문학비평론, 소설의 이해 및 분석 등의 이론과 문학의 각 장르별—소설, 시, 희곡, 시나리오—창작 입문과 심화 수업은 물론 편집실무, 독서교육 실습 수업을 받았다. 매일 오후 5시부터 밤 9, 10시쯤까지 수업이 이어졌고, 거의 매 수업마다 과제가 주어졌다. 창작 과목일 경우엔 방학 과제도 있었다.

나는 성실했지만 잘 썼다고 칭찬을 받은 적이 별로 없는 학생이었다. 학점은 좋았지만 좀 쓴다는 사람들 축에는 끼지 못했다. 학과에는 소설, 시, 희곡 등 장르별 소모임들이 있었다. 자신이 전념하고 싶은 장르를 더 깊게 공부하고 서로 창작품을 돌려가면서 품평을 하는 모임이었다. 나는 시 모임에 들어가고 싶었다. 그러나 주저하다가 말았다. 아무래도 모임 구성원 중에 내가 제일 나이가 많을 것이 뻔했다. 나 때문에 그들이 불편해할 것이 부담스러웠다.

시를 쓴다는 건 생각보다 어렵고 힘든 일이었다. 시를 읽는 것도 마찬가지였다. 시 한 편을 제대로 읽는 훈련도 만만한 일이 아니었다. 나는 2년 동안 온전히 시에만 빠져 살았다. 오전에 아르바이트하는 시간만 빼면 머릿속은 온통 시에 관한 것이었다. 다독과 다작만이 좋은 글을 쓰게 한다는 말만 믿었다.

교수들에게 이름이 불리지 않아도, 함께 모여 앉아 서로의 작품을 돌려보는 친구는 없었어도 학교 다니는 2년 동안은 제법 충만한 시간이었다. 적어도 내 입으로 시인이 되고 싶다는 말을 해도 머쓱하지 않은 공간이었다. 시를 쓴다는 것이 이상하게 여겨질 리 없었고, 주구장창 시집만 읽는 이유를 설명하지 않아도 좋았다. 내가 이상할 게 하나 없는 사람이어서도 좋았다.

졸업을 앞둔 겨울, 그간 써온 시를 추려 처음으로 신춘문예에 응모했다. 여덟 군데의 신문사에 투고했지만 당연히 연락 온 곳은 없었다. 예상했던 결과였다. 누런 서류 봉투에 신춘문예 투고, 라고 붉은 글씨를 쓸 때는 나도 모르게 가슴이 뜨거워졌다.

학교를 졸업하고는 아주 단순하게 살았다. 낮에는 아르바이트를 하고 저녁엔 시를 썼다. 동생이 학자금 대출을 갚아주겠다고 한 덕분이었다. 일자리를 알아보지 않은 건 아니었다. 다만 야간 전문대를 갓 졸업한 서른한 살을 뽑아주는 곳을 찾기가 마땅치 않았다. 급한 대로 아르바이트를 시작했다. 최소한의 용돈과 근근이 시집을 살 정도의 금액은 벌 수 있었다.

1년 동안 쓴 시를 10월부터 추리고, 11월에는 집중적으로 퇴고를 본 뒤에 12월 초에 응모했다. 매년 똑같았다. 나뿐만 아니라 작가를 꿈꾸는 대다수들이 해내는 일이자 모두 똑같이 앓는 열병이었다.

1월 1일자 신문을 찾아 당선작들을 읽어보면 확실히 내가 쓴 시와 비교도 할 수 없을 만큼 매끈하게 잘 쓴 작품이라는 걸 단번에 알 수 있었다. 나의 낙선은 완벽히 올바른 결과였다. 너무 명확한 실력 차는 낙선을 순순히 인정하게 했다. 신년 첫날이면 나는 제일 먼저 신춘문예 시 당선작을 읽고, 지난 1년간 써온 필사 노트와 완성한 시를 적어놓은 창작 노트를 한데 묶어 상자에 넣었다. 그리고 1월 1일부터 새 필사 노트와 새 창작 노트를 채워갔다.

신춘문예에 매년 떨어졌다. 문예지 신인상 공모도 마찬가지였다. 창작 노트가 아니라 낙선 노트라고 이름을 지어야 할 판이었지만 나는 지치지 않았다. 동생의 말마따나 어차피 늦은 출발이었다. 글을 쓰는 데 나이가 무슨 상관이냐는 동생의 말이 맞았다. 다만 나이가 들수록 글도 깊어지기를 희망했지만, 그건 나 혼자 가늠하기 힘든 일이었다.

그러나 해를 거듭할수록 조바심이 드는 건 어쩔 수 없었다. 5, 6년쯤 되자 과연 이 길이 내 길이 맞을까 의심이 들었다. 그때마다 내가 살면서 나에게 집중할 수 있는 순간은 시를 쓸 때뿐이라는 걸 떠올렸다. 더 솔직히 고백하면 내가 제대로 할 줄 아는 것은 시를 쓰는 것뿐이었다.

시를 쓰기 전에는 꼭 시집에 실린 시 한 편씩 필사를 했다. 잘생긴 시, 닮고 싶은 시, 가슴을 미어지게 하는 시, 누군가에게 적어주고 싶은 시, 나 혼자만 알고 싶은 시라든지, 많은 사람이 함께 읽으면 좋겠는 시, 낯설고, 독특하고 기발하고 특이한, 내 마음에 드는 시를 고르고 노트에 꼼꼼하게 베껴 적는 일이었다. 천천히 시를 읽고 차분하게 시를 옮겨 적는 일은 머리와 마음을 유연하게 하는 데 도움이 되었다.

어떤 시집은 그런 시를 단 한 편도 찾기 어려운가 하면, 처음부터 끝까지 통째로 필사해야 할 만큼 모든 시가 다 좋은 시집도 있었다. 그런 시집을 읽다 보면, 도대체 시인이란 어떤 존재이기에 이렇게 쓸 수 있는지, 시인이란 타고나야 하는 건가 싶은 의문이 들기도 했다. 도저히 내 머리로는 만들 수 없는 문장을 발견하거나, 전혀 상상도 안 되는 남다른 감각을 목도할 때마다 묘한 좌절감에 빠졌다. 그렇다면 나의 낙선은 마땅한 결과였다. 애초에 나는 타고난 사람이 아니었으니까. 처음부터 잘못된 길에 들어선 것과 다름없었으니까. 그러다 이내, 만약 그렇지 않다면, 시나 소설이 연습과 훈련으로도 이뤄낼 수 있는 일이라면 내가 못할 이유도 없다는 헛된 희망도 자라났다. 시인이 되는 운명이 따로 있는 게 아니라면, 시인이 되기 위해 내가 가지지 못한 것, 나에게 결락된 것은 무엇인지 찾고 싶었다.

기어이 왜 시인이 되고 싶은지 스스로에게 되묻는 일이었다. 시를 쓰는 사람으로 살고 싶은 이유는 무엇인지. 시를 쓰는 것이 소원이라면 굳이 등단 제도를 거쳐야 할 이유가 있는지. 그러다 시집을 갖고 싶은 건지, 내 시를 다른 이들에게 읽히고 싶은 것인지, 혹시 유명해지기를 바라는 마음이라도 있는 건지. 그도 아니면 그저 발화 행위 자체에 의의를 두고 싶은 것인지. 나 스스로도 답을 찾지 못해 답답했다. 어쩌면 그 답을 찾아가는 과정이 시를 쓰는 이유인 건 아닐까, 라는 막연한 생각만 할 뿐이었다. 확실한 건 시인이 되고 싶은 이유를 명확한 언어로 표현하지 못하는 건 계속되는 낙선과 연관이 있었다. 내 마음의 가장 깊숙이까지 꺼내 볼 줄 모르는 눈으로는 세계를 응시하는 깊이에 한계가 있을 터였다. 무의미한 일상을 나만의 시선으로 해석하는 데에 미흡했고 나만의 언어를 만드는 직조 능력도 부족했다. 인생의 얕은 경험은 세상을 편협하게 바라보게 했고, 좁은 시야로는 너른 세상을 생생한 삶의 언어로 압축하지 못했다.

당선을 희망하는 것이 아니라 낙선 후의 실망과 좌절을 외면하기 위해 나는 빨리 잊고 빨리 포기하는 방법을 택했다. 낙선을 거듭할수록 낙선에 길들여졌다. 그래도 당락과 상관없이 매일 무언가를 읽고 쓰기 위해 책상 앞에 앉을 수 있었던, 뭐라도 쓸 수 있고, 뭔가 써지기라도 했던 그때가, 그런 시간이 허락되었던, 오로지 떨어지기만 했으나 시에만 집중할 수 있던 예전이 더없이 그리웠다.

시를 쓰지 못하게 된 건 동생이 집에 들어오면서였으니 얼추 3년이 다 되어가고 있었다. 졸지에 아이 둘을 키워야 하는 상황이 되었다. 동생은 아이를 낳기 전에 하던 회계 업무를 구했고, 아버지는 물론이고 엄마마저 다시 일을 하게 되었다. 가진 건 집 한 채와 딸 둘뿐이었던 엄마와 아버지에게 손주들까지 책임져야 한다는 부담감과 의무감이 새로 생긴 것이었다.

자연스럽게 내가 집에 머무는 사람이 되었다. 어른들은 어떻게든 벌어야 하는데 엄마는 혼자 세 살과 백일 된 아이를 키울 엄두를 못 냈다. 나는 엄마를 대신해 살림을 하고, 동생의 두 아이를 키웠다. 분유를 타는 것과 기저귀 가는 것부터 배웠고 떼를 쓰기 시작한 세 살 꼬마 아이를 다루는 기술도 빨리 터득해야 할 사항 중에 하나였다. 어른들의 반찬과 아이들이 먹을 반찬을 따로 했고, 아이가 아플 때마다 병원으로 업고 뛰는 것도 내 몫이었다. 아이들을 먹이고 씻기고 재우고 놀아주는 일은 결코 단순하거나 만만한 일이 아니었다. 내가 어미가 아니라 이모였기 때문에 더 힘들었을까. 아니, 아무리 생각해도 아이를 키우는 일은 절대 시간과 절대 노동, 절대적인 참을성이 요구되는 일이었다. 누구든 당연히 어렵고 고단한 일이었다. 어미라고 결코 쉬울 리가 없었다.

동생은 늘 잠든 아이들만 봐야 했다. 2년 만의 사회생활이 수월하진 않을 텐데 곧바로 학원 일까지 구해 자정이 다 되어야 귀가했다. 두 아이를 혼자 감당해야 한다는 부담감에 옥죄였기 때문이라는 걸 모르지 않았다. 그래서 엄만 종종 잠든 동생 옆에 쪼그리고 앉아 한참 쳐다보다 일어서곤 했고, 아버진 뻔히 없는 줄 알면서도 동생이 쓰는 빈방을 괜히 열어보았다. 나 또한 동생이 안쓰럽고 측은했지만 갑자기 맡게 된 두 아이와 집안일에 허덕이느라 정신이 없었다.

두 아이를 재우고 나면 기진맥진 힘이 쪽 빠졌다. 처음 집에 들어왔을 때에 비하면 그래도 요즘은 살 만했다. 백일 즈음의 둘째를 키우는 일은 전쟁과 같았다. 밤낮 구분 없이 먹고 울어대는 시기였다. 육아는 체력 싸움이었다. 그 시기의 내 꿈은

딱 세 시간만 통잠을 자는 것이었다. 두어 시간 간격으로 둘째가 깰 때마다 엄마는 동생이 자는 방문이 꼭 닫혔는지 확인하고 나를 흔들어 깨웠다. 동생은 출퇴근하는 사람이었고, 나는 집에 있는 사람이라는 이유였다.

물론 조카들에 대한 책임은 나에게도 있었다. 대책이 없어도 일단 집을 뛰쳐나오라고 윽박지른 건 나였으니까. 애는 내가 키울 테니 너는 네 돈 벌어 다시 일어서라고 허세를 부린 것도 나였으니까. 네 인생이 실패한 것이 아니라 그저 터널을 통과하는 중이라고. 터널은 결국 끝이 있고, 그 끝은 환하다고 말할 때마다 동생은 말없이 고개를 주억거렸다. 예전, 내가 대학교에 갈 수 있도록 지지해주고 대출까지 책임져준 동생에게 빚을 갚고 싶었는지도 몰랐다.

동생이 학자금 대출을 대신 갚지 않았어도 아이들을 위해 살 수 있었을까. 애틋하고 딱한 마음이 들면서도 어느 날에는 미쳐버릴 만큼 짜증이 났고, 도망치고 싶을 정도로 똑같은 일의 반복에 진저리가 쳐졌다. 아이 둘을 보느라 내 일은 전혀 할 수가 없었다. 시집은 고사하고 책장에 꽂혀 있는 책 제목조차 훑어볼 여력이 없었다. 둘째가 잠깐이라도 잠들었을 때 나도 부지런히 쪽잠을 자두어야 했던 나날들이었다. 책상 앞에 앉을 엄두도 못 내던 근 1년 동안 시를 쓰기는커녕, 시 한 편 제대로 읽지를 못했다. 필사도 마찬가지였다. 둘째가 돌이 지나고 나서야, 밤에 통잠을 자기 시작한 이후에야 식탁 앞에 앉을 수 있었다. 책상이 있는 내 방에선 동생이 자야 했으므로 이제 나의 책상은 식탁이 되어버렸다. 다시 시를 읽고 다시 필사를 시작했다. 그러나 시가 써지지 않았다. 그 한 해가, 아무것도 읽고 쓰지 못했던 그 1년 때문에 먹통이 돼버렸다. 머리도 마음도 그저 텅 빈 것처럼 깜깜할 뿐이었다.

시를 쓰기 전에
쓰레기를 버리러 가는 여자
시를 쓰기 전에
이불을 깔았다 개고 걸레질을 하는 여자
시를 쓰기 전에

밥을 안치는 여자

(……)

뒤숭숭한 세간들 사이로 시만 실뱀처럼 빠져나간 여자

꽉 차 있으나 늘 텅 비어 있는 여자[3]

그 사람과 헤어지게 된 것은 아이들을 키우기 위해서였다. 나는 동생이 쉬는 일요일에나 시간이 났고, 그 사람은 격주 월요일에만 쉬었다. 나로선 아이들을 두고 나간다는 것 자체가 불가능했다. 동생은 월요일에 출근해야 했으니 일요일에는 일찍 잠자리에 들어야 했고, 그 사람은 월요일에 쉬기 때문에 일요일에는 평상시보다 더 늦게 일을 마쳤다. 그래도 처음엔 그 사람이 일을 마친 시간에 맞춰 잠깐이라도 만나곤 했다. 마음껏 함께 보낼 수 없으니, 눈치 없이 흐르는 시간이 아까웠다.

---

3 이선영, 「시 쓰는 여자」 부분, 『60조각의 비가』, 민음사, 2019.

그 사람을 만나고 있으면 집에 동생이 있는데도 나는 마치 내 임무를 방치한 사람처럼 불안했다. 그 사람 역시 하루치의 피로를 끌어안고 나를 만나는 일이 고단하다는 걸 애써 숨겨도 어쩔 수 없이 표가 났다. 그 사람과 나의 관계가 나 때문에 불편해지는 것이 부담되기 시작했다. 그 사람에게 미안하다고 말해야 하는 내 상황이 싫었고, 그 사람이 그럼에도 불구하고 묵묵히 참아줄 사람이라는 것도 싫었다. 인정하기 싫지만, 나는 동생이 집으로 돌아왔을 때부터 이렇게 될 줄, 이렇게 되고야 말 것이라는 걸 어렴풋이 예상하고 있었다.

그 사람을 처음 만난 건 서점에서였다. 수업을 마치고 종종걸음으로 귀가하면 간신히 사거리 서점에 들를 수 있었다. 간판에 불이 켜져 있으면 그렇게 반가울 수가 없었다. 오전엔 아르바이트를 했고, 야간 수업을 마치면 귀가하기 바빴다. 주말엔 하루 종일 아르바이트를 해서 도서관이나 대형 서점은 늘 요원한 곳이었다. 작게나마 집에 가는 길목에, 늦게라도 들를 수 있는 곳이어서 얼마나 다행한지 몰랐다. 책 봐도 돼요? 빼꼼히 고개를 내밀어 물으면, 언제나 편히 보다 가라고 대답하던 사람이 그 사람이었다. 나는 늘 서점의 마지막 손님이었다.

서점은 아주 작았다. 사방이 천장까지 닿아 있는 책장과 네 개의 작은 매대가 있었다. 책의 3분의 1은 문제집과 학습서, 나머지 3분의 1은 어린이책으로 채워져 있었다. 남은 3분의 1 정도에 그 외의 모든 장르의 책이 꽂혀 있는 셈이었다. 시집은 문학 코너 책장의 두 칸에 불과했다. 처음엔 읽을 수 있는 시집이 있다는 것만으로도 고마웠고, 나중에는 주문을 해서 시집을 샀고, 곧 신청하지 않아도 신간 시집들이 꽉 차게 진열되었으며, 뒤에는 책장 하나 일곱 칸에 모두 시집이 꽂히게 되었다. 마치 내가 서가를 운영한 사람이라도 된 듯 묘한 자부심이 들 정도였다. 그러나 책장의 변화를 만든 것은 그 사람이었다.

나는 그 사람을 처음 만난 날을 떠올리는 것을 좋아했다. 늘 졸고 있던 중년 여성이 아니라 야무진 표정을 지닌 젊은 사람이 앞치마를 두르고 있어서 나도 모르게 서점에 들어서다 말고 멈칫했던 기억. 그날 고른 시집은 조용미 시인의 『삼베옷을 입은 자화상』이라는 것, 서점을 나와 사거리 모퉁이를 돌다 말고 뒤돌아봤을 때 서점 문을 닫는 그 사람과 눈이 마주쳤던 것도. 얼떨결에 둘이 동시에 목례를 했던 일까지 마치 어제 일처럼 선명하게 떠올릴 수 있었다. 나는 2학년 여름방학이었고 그 사람은 졸업을 앞두고 휴학 중이었다. 복학할 때까지 고모님의 일을 돕는 중이라고 했다. 정오부터 마감 시간까지가 그 사람 담당이었다.

그다음 해 그 사람이 복학하기 전까지, 근 두어 계절 동안 나는 매일같이 서점을 들락거렸다. 밤의 서점은 대체로 손님이 없었고, 거리에는 띄엄띄엄 보이는 사람들이 전부였다. 그 사람과 나는 등받이가 없는 엉덩이가 동그란 철제 의자에 앉아 종이컵에 담긴 믹스커피를 아주 천천히 마시며 이야기를 나누곤 했다. 주로 내가 이야기를 많이 하는 편이었다. 오늘 고른 시집은 어느 시인의 책이며, 그 시인은 어떤 시를 쓰는 사람인지, 그이가 쓴 시가 왜 좋은지, 혹은 마음에 드는 구절을 그 사람에게 직접 읽어주기도 했다. 그 사람은 언제나 진지하게 경청했다. 대체로 잘 이해가 안 간다고 말했지만 나는 이해하지 않아도 된다고, 이해와 별개로 좋은 느낌이 있지 않으냐고, 그것을 발견한 것만으로도 훌륭하다고 수다스럽게 덧붙이곤 했다. 간혹 그 사람이 먼저 좋다고 표현하는 시 구절이 있을 때에는 괜히 기쁘기까지 했다.

나는 졸업을 했고, 그 사람은 복학을 했다. 나는 그 사람이 일하던 서점에서 아르바이트를 시작했고, 문을 닫을 무렵이면 그 사람이 들르곤 했다. 내가 그 사람에게 시를 이야기했던 것처럼 그 사람은 학교에서 있었던 일들을 이야기해주었다. 뜨거운 커피는 얼음을 탄 차가운 커피로 바뀌었을 뿐 밤의 서점은 여전히 손님이 없었다. 서점은 참고서나 문제집 외에는 팔리는 책이 별로 없었다. 여기저기 동네 서점들이 문을 닫던 시절이었다. 아르바이트를 시작하고 얼마 안 되어 서점도 문을 닫기로 결정되었다. 그 사람을 만날 구실이 없어지는 것 같아서 나는 좀 아쉬웠다.

평생을 혼자 살아왔다는 그 사람의 고모님은 도시 생활을 청산하고 고향으로 내려간다고 했다. 고향은 그 사람의 부모가 있는 곳이었다. 고모님네서 살던 그 사람은 고모님의 귀향으로 혼자 살 곳을 구해야 했다. 일단 고향에서 여름방학을 보내고 올라와 거처를 정할 거라 했다. 서점에서는 좀 멀지만 학교에서는 가까운 곳으로 정할 것 같다고 담담하게 이야기를 하는 그 사람이 어쩐지 좀 야속했다.

서점 문이 벌컥 열리더니 취객이 들어와 화장실을 찾았다. 취객과 함께 열린 문으로 뜨거운 공기가 훅 쏟아져 들어왔다. 며칠째 열대야가 계속되고 있었다. 그 사람이 취객을 데리고 나가 상가 화장실을 알려주었다. 자정이 다 되어가고 있었다. 나는 그만 일어나 서점의 가장 안쪽의 조명부터 끄기 시작했다. 탁, 탁, 탁, 탁— 조명을 다 끄자 바깥이 더욱 환하고 선명하게 보였다. 뜨거운 공기에 뒤돌아보니 어느새 그 사람이 들어와 있었다.

"불이 꺼져 있어서 놀랐어요. 먼저 간 줄 알

고……."

"아직 안 갔어요. 같이 가요."

"고마워요. 열쇠 주세요. 제가 잠글게요."

"잠깐만요, 에어컨도 꺼야 해요."

에어컨을 끄자 순간 세상이 고요해진 것 같았다. 거리를 향해 서 있던 그 사람이 말했다.

"나가기 싫네요. 너무 더워요."

그 사람 옆으로 다가가 매대에 기대어 나도 바깥을 바라보며 말했다.

"시원한 공기 아까우니까 조금 더 있다 갈까요?"

"그럴까요?"

고개를 끄덕이자 그 사람도 매대에 슬쩍 기댔다.

"밖이 하나도 안 더워 보이네요."

"여기가 시원하니까요."

마주보는 게 아니라 같이 한 방향을 바라보고 있자니 묘한 긴장감이 들었다.

"같이 영화라도 보면 좋았을 텐데. 아쉽네요."

"이제부터 보러 다니면 되죠."

고개를 돌려 그 사람을 바라봤다. 키가 큰 줄은

몰랐는데 나란히 서 있으니 내 머리가 그 사람의 어깨에 겨우 닿을락 말락 했다. 그 사람이 나를 향해 고개를 돌렸다. 눈이 마주쳤지만 그 사람이나 나나 서로의 시선을 피하지 않았다.

"이제 좁은 여기 말고 넓은 데서 만나요."

"지금 데이트 신청한 거예요?"

"네!"

그 사람이 너무 크게 대답을 하는 바람에 둘 다 피식 웃고 말았다. 그 사람이 손을 내밀었다. 나는 열쇠를 쥔 손 그대로 그 사람의 손에 올렸다. 그 사람이 미소를 지으며 내 손을 부드럽게 감싸쥐었다. 맞닿은 모든 부분의 세포들이 다 제각각 살아 있다는 게 느껴질 정도로 온 신경이 마주잡은 손으로 향했다.

그날 밤 그 사람과 내가 함께 본 건 특별한 풍경은 아니었다. 맥주라도 한잔했는지 유쾌하게 웃으며 지나가는 무리들과 걷는 내내 통화를 하며 미소를 짓던 아가씨, 수줍게 팔짱을 끼고 종종걸음으로 사라졌던 교복 입은 어린 연인들과 쪼르르 줄지어 부지런히 제 갈 길을 가던 길고양이 네 마리. 저 멀리 편의점의 야외 테이블에는 아이스 커피를 앞에 둔 사람들로 빈자리가 없었고, 정류장에는 막차를 기다리는 사람들이 저마다 손부채질을 하며 더위를 이겨내고 있었다. 날씨와 상관없이 배달 오토바이는 거리를 활주했고, 신호등이 바뀔 때마다 한 무더기의 차들이 오고 가기를 반복했다. 여느 날과 다를 바 없는, 무수한 어느 날의 여름밤이었으나 그 사람과 나는 열대야에 딱 맞춤한 장면으로 기억되었을 것이다. 어쩌면 오래도록 잊히지 않을 순간이라는 것도 짐작했을 것이다.

그것을 잃고 난 후
이제 나는 그 어떤 것도 잃을 수 있게 되었다[4]

그 사람과 나는 서로를 얼마나 사랑했을까. 그걸 가늠하고 헤아리는 건 의미 있는 일일까. 나는

---

4 박소란, 「잃어버렸다」 부분, 『한 사람의 닫힌 문』, 창비, 2019.

고개를 저었다. 사랑은 그 자체만으로도 제 의미를 다하는 상태였다. 사랑하기까지의 시간과 사랑한다는 고백까지의 시간이 제일 황홀한 것도 바로 그런 까닭이었다. 서로의 사랑을 확인하면 그다음의 순서는 사랑을 즐기고 사랑을 누리는 것이 아니라 결국 헤어지는 것뿐이었다. 세상에 영원한 건 없고, 변하지 않는 것도 없다. 그러나 그 사람과 나는 미처 준비한 것이 없었다. 그 사람과 나는 이별을 극복할 방법을 몰랐다. 무엇보다도 내가 그 사람을 밀쳐내는 일이어서 나는 그 사람보다 훨씬 더 괴로웠다. 고통의 무게를 나눠 가질 수 있다면 내가 그 사람의 고통까지 모두 짊어지고 싶었다.

"당신의 감정보다 동생분 살길이 더 중요한 거죠?"

나는 고개를 끄덕였다.

"당신의 행복보다 가족이 더 중요하고요?"

나는 또 고개를 끄덕였다.

"내가 짐을 나눠 짊어지는 것도 싫고요?"

끄덕끄덕.

"도대체 나는 왜 그 가족 안에 포함시켜주면 안 되냐고요!"

혹시라도 그러자고 할까 봐, 제발 나를 도와달라고 할까 봐 나는 입술을 꽉 깨물고 신음을 삼켰다. 나는 고개를 숙이고 덜덜 떠는 그 사람의 손을 잡아 내 가슴에 품었다.

하아……. 그 사람의 길고 긴 탄식에 가슴이 미어졌다. 거친 호흡을 가라앉힌 그 사람이 내 손을 뿌리치고 자리에서 일어났다. 그러곤 테이블 위에 있던 반지 상자를 바지 주머니에 넣고는 주저없이 뒤돌아 나갔다.

동생이 연애를 한다는 걸 눈치챌 때마다 어쩔 수 없이 서운함이 들었다. 동생도 자기 인생을 살아야 하니까 누구를 만나든 내가 뭐라 할 수 없었다. 아이들의 새아빠가 될 만한 상대인지, 아니면 데이트로만 끝낼 상대인지는 알 도리가 없었다. 여하튼 연애를 할 때는 어떻게든 표가 났다. 화장을 조금 더 공들여 한다든가, 옷차림에 신경을 쓰거나, 귀가 시간이 늦어졌다. 당연한 변화인데도 그걸 알아채는 나에게 짜증이 났다. 어김없이 꽃을 받아 오기도 했고, 안 보이던 액세서리가 눈에 띄었다. 평상시에는 쓰지도 않던 향수를 매일 뿌렸고 일주일에 하루 쉬는 일요일에도 외출을 했다.

동생의 변화를 목도할 때마다 마음이 무거워졌다. 동생의 새 삶은 당연한 일이지만 아이들을 생각하면 단순한 일로 여겨지지 않았다. 결혼 경험이 있는 걸, 아이들도 있다는 걸 밝혔는지. 무엇보다도 이번에는 제대로 된 남자여야 할 텐데, 어쩐지 모든 것이 불안했다.

나는 진심으로 동생이 행복해지길 바랐다. 조카들에게도 자상하고 좋은 아빠가 생기길 바라 마지않았다. 다만, 혹여, 만약, 그러니까 만일에라도 동생이 아이를 두고 간다고 해도 나는 그러라 할 참이었던 것이다. 동생은 아직 젊었다.

그런데 어쩐지 만남이 오래가진 않았다. 동생은 좀처럼 자신의 연애에 대해서는 입을 열지 않았다. 이해가 안 되는 건 아니었다. 버는 돈 전부를 생활비로 내놓고 있기는 했어도 나에게 두 아이를 맡겨두는 것에 일종의 부채감도 있는 듯싶었다.

뭐랄까. 아이들을 키우기 위해서 그 사람과 헤어지게 된 것이었지만 나는 그게 억울하지는 않았다. 살면서 주인공이었던 적이 없었던 것처럼, 애초에 보통의 삶에 어울리지 않았던 것처럼, 어쩌면 이제야 나와 잘 어울리는 상황에 놓인 것 같다는 기분마저 들었다. 그 사람과 만나온 8년간 더없이 그 사람을 사랑한 것 같지만 한편으로는 늘 불안했다. 그럴 리가 없다는 생각, 내가 이렇게 좋은 걸 누리는 것이 이상하다는 생각, 나는 행운과 어울리는 사람이 아니라는 생각, 인생은 내 마음대로 돌아가는 게 아니라는 생각, 아무것도 아닌 존재로 살아도 상관없을 것 같은, 내 삶은 그렇게 예정된 것 같다는 생각……. 정말 내 생각이 그런 것인지, 그렇게 기억해야만 내가 아이들을 키울 수 있을 것 같아서 그런 것인지는 나도 구분하기 어려웠다.

문득문득 그 사람이 그리울 때가 있었다. 데려다주겠다며 집 앞까지 같이 오고선 정작 헤어지기 싫어 빌라 입구의 목련 밑동만 툭툭 차대던 여름밤이라든지, 내가 읽어주는 시를 가만히 듣고 있던 그 사람의 진지한 얼굴, 막 잠이 들었을 때 파르르 떨리던 그 사람의 속눈썹이라든지, 아무것도 아닌 듯 무심하게 걸었던 그 사람의 동네 골목길과 그렇게 먹고도 질리지 않던 떡볶이 같은 것들. 좁은 침대에 그 사람의 팔을 베고 가만히 누워 있다 보면 온몸에 느껴지던 묵직한 이불의 무게 같은 것들.

어쩌면 더 일찍 헤어져야 했던 건 아니었을까 하는 생각도 들었다. 나보다 여섯 살이나 어린 그 사람에게 나는 너무 늙은 사람이었구나, 라는 자격지심이 뒤늦게 몰려오기도 했다. 제대로 된 생일 선물을 해주지 못한 것도 걸렸고, 그럴싸한 여행도 못 다녀온 것도, 사랑한다는 말에 너무 인색했다는 사실도 후회가 되었다. 그래도 만나는 동안 한 번도 싸우지 않은 건 잘한 일 같았다. 가난했던 연애였지만 가난한 사랑으로 기억되진 않았다. 헤어지고서도 계절에 한 번씩은 안부 문자를 주고받으며 서로의 안위를 물어오는 것도 다행이라는 생각이 들었다. 그 사람에게 새로운 사람이 생기길 바랐지만, 더 솔직히는 그걸 나에게 말하지는 않기를 바랐다.

치우친 슬픔이
고개를 들면

전화벨이 울린 건 한참 아이들과 실랑이를 하던 중이었다. 일일 드라마를 틀어놓고 졸던 엄마는 아예 등을 돌려 자고 있었다. 목욕을 막 마치고 나온 둘째가 기저귀도 안 차고 거실을 마구 기어다녔다. 둘째를 번쩍 안아 이불 위에 눕히고 기저귀를 채우려는데 오줌을 싸버렸다. 그 바람에 이불과 앞섶이 다 젖어버렸다. 아이 몸에도 오줌이 묻었으니 다시 욕실로 들어가 씻겨 나왔다. 이불을 걷어내고 옷도 갈아입었다. 그 와중에 조용하다 싶어 불안한 마음으로 첫째를 찾으니, 그새 거실 바닥에 볼펜으로 제 이름을 쓰고 있었다. 얼마 전에도 벽지에 낙서를 해서 호되게 혼이 났는데도 또 저러고 있었다. 간신히 둘째 옷을 입혀놓고 첫째에게 달려가 볼펜을 뺏었다. 멀뚱히 내 얼굴을 보더니, 제가 먼저 울음을 터뜨렸다. 혼날 일을 저질렀다는 걸 애가 먼저 시인하는 것이었다. 그래도 혼을 내야 했다. 아이니까 잘잘못은 정확하고 명확하게 가르쳐야 했다. 그때, 전화벨이 울렸다. 그 사람이었다.

—바빠요?

—조금. 아이들 재워야 해서.

그사이 아이들이 서로 뭘 갖겠다고 투덕거렸다. 나는 전화기를 든 채로 아이들에게 달려가 둘을 떼어놓고 첫째 손에 쥐어진 걸 뺏었다. 구겨진 색종이 쪼가리였다. 둘째가 찡얼거리며 울먹였다. 한 팔로 둘째를 번쩍 안아 첫째로부터 떼어놨다. 전화기로 둘째의 칭얼거림이 들린 모양이었다. 그 사람이 헛기침을 몇 번 하더니, 할 이야기가 있다고 했다.

—말해도 돼.

나도 모르게 목소리가 날카로웠다. 금세 후회가 됐다. 이렇게 통화를 하고 싶지는 않았다. 그 사람과 헤어진 건 싫어서가 아니지 않은가. 당장 내 눈앞에 펼쳐진 상황에 짜증이 일었다. 아이들 물건이 널브러진 거실, 졸린 아이들의 칭얼거림, 부엌에 아직도 쌓여 있는 설거지, 김치 담가야 할 열무 세 단, 목욕을 마치고 나온 아이들이 벗어놓은 옷가지와 오줌 싼 이불까지 수북이 쌓여 있는 하루치의 빨래. 나도 모르게 뱉은 한숨을 그 사람이 들은 듯했다.

—다음에 다시 전화할게요.

—아냐, 지금 말해.

잠시 침묵 후에 그 사람이 만나자고 했다. 반지를 돌려줘야 했기 때문에 한 번은 더 만나야 할 참이기는 했다.

아이들은 쉽게 잠드는 법이 없었다. 첫째는 가슴팍을 도닥여주고, 등을 긁어주고, 잘 때까지 머리를 매만져주어야 했다. 둘째는 매번 더 많은 시간이 필요했다. 물 마시겠다고 해서 다섯 번이나 부엌을 들락거리게 만들어 잘 자고 있는 첫째까지 다시 깨게 만들었다. 늘 그렇듯 나는 눈을 꾹 감고 잠든 척했다. 진짜 잠든 것인지 확인하려고 몇 번이고 나를 흔들어보던 둘째는 결국 포기하고 내 옆에 벌러덩 누웠다. 잘 누워 있다가 갑자기 벌떡 일어나 한참 멍하게 앉아 있기, 그러다 불쑥 거실에 한번 나갔다 들어와 내 옆에 고꾸라지듯 쓰러지기를 몇 번이나 반복했다. 베개를 껴안고 뒹굴거리다 급기야는 내 가슴팍에 이마를 비벼대더니 제 손가락을 빨며 겨우 잠이 들었다. 잠투정으로 밤마다 불을 끈 채로 한두 시간씩 억지로 깨어 있어야 했다. 두 아이가 잠든 걸 확인하고서야 살그머니 방을 나왔다. 진이 다 빠져서 아무 생각도 들지 않았다. 식탁 앞에 앉아 벌컥벌컥 물 한 컵을 단숨에 다 마셨다. 하루가 너무 길었다.

찬장 구석 깊숙이에 넣어두었던 반지 상자를 꺼냈다. 두 개 중에서 하나를 꺼내 왼손 약지에 껴보니 맞춘 듯이 딱 맞았다. 같은 반지를 끼고 있는 그 사람을 상상해봤다. 쑥스럽게 웃으면서 손을 내밀겠지. 서로 반지 낀 손을 잡고 밤바람을 맞으며 산책하면 좋겠다 싶었다. 열어놓은 창문으로 후텁한 바람이 불어 들어왔다. 이 길로 그 사람에게 달려가면 좋겠다고 생각했다. 반쯤 열어 둔 방문 사이로 자고 있는 아이들이 보였다. 첫째가 뒤척이다 둘째 배 위에 다리를 올렸다. 그 바람에 둘째가 끙얼거리며 다시 일어났다. 울음이 터지기 전에 들어가 다시 재워야 했다. 설거지통 주변에 초파리 두어 마리가 날아다녔고, 열무는 어느새 시들어 있었다. 오늘은 필사도 못 할 것 같았다. 하루가 맨날 이랬다. 무미하고 재미없고 고단했다.

고양이가 부엌을 어슬렁거리던 날이었다. 이젠 낯이 익었다는 뜻인지, 뚫린 방충망을 더 크게 만들어놓고, 제 마음대로 들락거렸다. 처음엔 섬뜩섬뜩 놀라곤 했는데, 어느새 자연스럽게 집에 있는 시간도 많아졌고, 마치 키우는 고양이처럼 나나 엄마의 다리에 제 귀와 코를 비비거나, 발라당 누워 배를 보이는 일도 잦았다. 며칠 보이지 않으면 당연히 걱정이 되었다.

엄마는 매일 고양이가 먹을 만한 음식을 골라

이 나간 사발에 놓아두었다. 이유식을 만들 때처럼 삶은 달걀노른자나 데친 브로콜리, 시금치를 정성 들여 준비하곤 했다. 종종 참치캔 한 통을 물로 씻어 놔두기도 했는데 고양이들은 소금기 있는 음식을 먹으면 안 되기 때문이라고 했다.

"그런 건 어디서 들었어?"

"찾아봤지."

엄마가 핸드폰을 흔들었다. 아침에 나가 저녁에 들어오는 엄마는 일단 집에만 들어오면 손끝 하나 움직이지 않았다. 내가 집안일을 시작하면서 그러라 했지만 때때로 나 혼자 쩔쩔매는 걸 빤히 바라보면서도 우는 애를 달래주거나 거실의 장난감 한번 치워준 적이 없었다. 손주들 먹일 수박 한 쪽 자기 손으로 차리지 않는 엄마가 길고양이를 먹이겠다고 부엌을 들락거리며 달걀을 삶고 브로콜리를 데칠 때면 나는 서운한 감정이 들 수밖에 없었다. 어느새 자기 밥그릇까지 생긴 고양이는 하루도 빠지지 않고 찾아왔고, 배를 불리면 미련 없이 사라지곤 했다. 엄마는 그 고양이를 보는 게 낙인 사람처럼 매번 반가워하고 매번 안타까워했다.

아이들을 재우고, 설거지를 마친 후, 아침거리를 준비하고, 빨래를 개고, 집 안을 대략 정리한 다음에는 쓰레기를 버리러 나갔다. 꼬박꼬박 하루치의 재활용 쓰레기와 음식 쓰레기를 버리고 나면 나도 모르게 한숨이 나왔다. 겨우 하루치의 집안일이 끝났다는 뜻이었다.

재활용 쓰레기장 옆에 음식물 쓰레기통이 줄지어 있었다. 여름이 되니 냄새가 심했고 모기와 파리가 들끓었다. 음식 쓰레기를 버리고 뒤돌아서니 더운 바람이 불었다. 좀 전까지 울어대던 매미소리가 뚝 끊기고, 갑자기 사위가 고요했다. 이 길로 어딘가로 떠나고 싶었다. 멀리가 아니어도 좋으니, 그저 쳇바퀴 같은 일상에서 벗어나고 싶었다. 단 일주일만이라도, 아니, 단 하루만이라도 청소와 빨래와 밥 준비와 아이들 뒤치다꺼리를 하지 않는 곳으로 도망치고 싶었다.

아이들을 키우기 위해 어른 넷이 모두 아이들만 바라보고 살고 있었다. 업무 분담을 하듯이 동생은 주 수입원이 되어 아이들과 아이들을 키우는 어른들을 먹여 살렸고, 엄마와 아버지의 벌이는 아이들 이름의 적금통장에 차곡차곡 쌓이고 있었다. 그 다섯이 먹을 음식을 준비하고, 입을 옷을 챙기고, 살 수 있는 집이 되도록 안팎을 건사하는 일은 나의 몫이었다. 그러나 아무도 나의 노동을 경제적 가치로 인정하지 않았다. 집안일이란 집에 있는 사람이면 하는 일, 바깥 일이 없는 이가 하는 일이거나 누구나 할 수 있는 일이어서 아무도 하기 싫은 일이 되어버렸다. 가치로 환산할 의미조차 없는 일로 치부되었다. 그러니 나는 가난한 사람이 되었다. 나는 점점 더 말수를 잃었고, 내 의견은 좀처럼 누구에게도 마음을 끌지 못했다.

집안일을 내가 하고 있다지만 사실 엄마가 시키는 일을 수행하고 있을 뿐이었다. 3년쯤 지나니 엄마가 별소릴 하지 않아도 알아서 하는 모양새가 되었지만, 첫해 동안엔 정말 사소한 것까지 엄마가 시켜야 할 줄 알았다. 청소만 해도 매일 다른 주문이 내려졌다. 유리창을 닦는 날, 화장실을 청소하는 날, 싱크대를 정리하는 날, 찬장을 치우는 날, 베란다를 정리하고 다용도실을 치우는 날이 주어졌고, 그럼 나는 미션을 치르는 사람처럼 묵묵히 치우고 쓸고 닦고 정리했다. 하루도 빠짐없이 아침저녁으로 쓸고 물걸레질을 했고, 자기 전에 꼭 현관을 말끔히 정리해야 했다. 빨래는 겉옷과 속옷으로, 겉옷은 다시 색깔별로, 속옷과 수건은 꼭 삶았으며, 손빨래할 것들은 나오는 대로 곧바로 빨아야 한다고 배웠다. 이불과 베개는 매일 먼지를 털어 햇빛에 말렸고, 이불은 매달, 커튼은 계절마다 빨았다.

가장 힘든 집안일은 부엌일이었다. 매일 세끼를 차리고 치우는 일, 그 반복적인 일이 끝나지 않는 소모품으로 전락되는 기분이 들게 했다. 매 끼니 새로운 반찬과 국과 찌개를 끓이는 게 아니어도 상을 닦고 수저를 놓고 음식을 차리고, 빈 그릇을 치우고, 설거지하고, 남은 음식을 갈무리하고, 다시 다음 끼니 준비를 해놓고서야 부엌을 나올 수 있다는 것. 매일매일 거르지 못하는 일인 데다 거를 수도 없는 일의 무한 반복이었다. 끔찍하게 지겹고 지긋지긋하게 지루했다.

그뿐인가. 마늘이나 감자, 양파, 고추가 나는 철에는 다듬고 깎고 다지고 빻고 보관하기 위해 며칠씩 그것들에 매달려야 했다. 마늘만 해도 그랬다. 햇마늘은 하지 즈음부터 살 수 있는데 엄마는 6월 말에 육쪽마늘로 예닐곱 접을 사들였다. 하나하나 손으로 깐 마늘의 대부분은 다져서 냉동실에 넣어두고, 나머지는 장아찌나 생으로 먹을 수 있게 냉장고에 보관했다. 온 집 안에 마늘 냄새가 진동하고, 손톱 끝에 마늘 냄새가 가시지 않는 며칠을 보내야 끝낼 수 있었다. 8월 말경에는 고추를 산다. 두물거리로 스무 근이나 되는 고추의 꼭지를 따고, 마른걸레로 고추 하나하나 닦아 방앗간에서 빻아 1년치 고춧가루를 준비하는 일이었다. 고추는 마늘 매운 것과는 차원이 달랐다. 아이들의 저지레를 피해 눈물, 콧물을 흘려가며 고추를 닦다 보면 왜 안 사 먹고 굳이 이런 고생을 해야 하는지 화가 치밀어 올랐다. 가을에 고추장을 담그고, 봄에 된장을 담그는 일도 만만한 일이 아니었다. 그래도 이런 건 한 해에 한 번이면 되는 고생이었다. 김치는 철철이, 다달이 속을 썩였다.

상 위에는 적어도 두 가지 이상의 김치가 놓여야 한다고 철석같이 믿는 엄마 때문에 김장김치는 물론이고 장마가 시작하기 전에 쟁여놓는 여름 김장과 열무김치, 총각김치, 파김치, 깍두기, 겉절이와 오이김치, 나박김치 등을 번갈아 담았다. 먹는 사람이 아니라 담그고 차리는 사람이 되어서는 그것이 얼마나 고단한 일인지를 절감했다. 다른 음식들이야 어떻게든 비슷하게 만들 수 있었는데 김치는 내가 범접할 수 있는 일이 아니었다. 엄마가 유일하게 하는 집안일이 김치 담그기였다. 그러나 엄마는 양념을 섞어 버무리는 일만 했다. 재료를 준비하고 손질하고 씻어두는 것과 다 담근 김치를 담고 닦고 마무리 정리하는 것까지는 모두 나 혼자의 일이었다.

엄마는 생각보다 결단력이 있는 사람이었다. 평생 해오던 집안일을 내가 하기로 한 순간부터 일절 손을 보태지 않았다. 그런데도 자기 살림이기 때문에 엄마가 해오던 대로 유지되어야 직성이 풀리는 사람이었다. 출근을 하면서 오늘은 무슨 일을 해놔야 하는지 일렀고, 퇴근하는 길에 직접 장을 봐왔다. 나는 엄마가 사 온 식재료만 사용해서 반찬을 만들어야 했다. 무엇보다도 엄마는 동생이 내놓는 생활비를 내게 넘기지 않았다.

내 살림이었다면, 내가 알아서 식단을 꾸리고, 할 일을 스스로 정하고, 씀씀이를 설계해 살았다면 적어도 보람을 느꼈을 수도 있다. 그러나 나는 늘 숙제하는 기분으로 동동거려야 했다. 모두 처음 해보는 일이었는데도 엄마는 내게 너그럽지 않았다. 당연히 엄마의 성에 차지 못했다. 나는 칭찬을 바란 게 아니었다. 애썼다고, 수고했다고, 너도 고생이 많다는 말이면 되었는데 엄마는 단 한 번도 그런 말을 하지 않았다. 그 나이 되도록 제대로 할 줄 아는 게 없으면 어떡하느냐는 말이나 들어왔던 그동안이었다.

그런 말을 듣다 보면 집에 붙박인 이유에 회의감이 들곤 했다. 내가 없어져봐야 알 테지. 내가 사라져봐야, 나 없이 생활해봐야 내 존재의 필요에 대해 깨닫겠지……라는 생각이 무시로 들었다. 그러나 나는 가진 게 아무것도 없었다. 때려치워도 나갈 곳이 없었다. 어떻게든 돈을 벌고 있는 동생이 부러웠다. 벌이가 있으니 자기 목소리를 낼 수 있는 엄마와 아버지가 부러웠다. 부러울수록 스스로가 추레해졌다. 부럽다는 감정조차도 인정하지 않기 위해 나는 내 감정을 자꾸 외면했다.

쓰레기를 다 버리고는 곧바로 집으로 들어가지 않고 목련 밑의 벤치에 앉았다. 검은 그림자 속에 숨어버린 기분이 들었다. 수런거리는 마음이 진정될 때까지 잠시 앉아 있을 참이었다. 그때 아파트 입구에서 낮게 속삭이는 소리가 들렸다.

동생이었다. 동생 곁에 건장한 남자가 있었다. 지난번 전화기에 이름이 뜨던 남자인 걸까. 동생은 두 볼이 볼그레하게 달아올라 있었다. 동생의 얼굴에 웃음기가 가득했다. 환하게 웃는 동생을 보니, 서른여섯이라는 나이가 새삼스럽게 느껴졌다. 이른 나이는 아니었지만 결코 늦은 나이도 아니었다. 어둠 속에서도 동생의 얼굴은 밝고 환했다. 결혼을 승낙받았을 때도, 예식장에서도, 집들이 때도, 첫아이를 품에 안으면서도 동생은 저와 같은 표정을 지은 적이 없었다. 남자는 내

쪽을 향해 등을 돌리고 있어서 얼굴을 볼 수 없었다. 서로 잡고 있던 손을 자기 앞으로 당긴 남자가 동생을 꼭 안아주었다. 그리고 입을 맞추었다. 나는 어쩐지 동생의 행복한 실루엣을 계속 보기가 힘들었다.

그다음 날, 나는 엄마에게 넌지시 물어봤다. 재가 나간다고 하면 엄마는 뭐라 할 거야? 뭘 뭐라 해, 멀쩡한 놈이면 내보내야지. 요즘 세상이 옛날도 아니고, 다시 살림 꾸리는 게 뭐 문제라도 되냐?

"만약에 애들은 못 데리고 가겠다 하면?"

"그게 무슨 소리야. 제 새끼 제가 데리고 가야지!"

단호하게 말한 엄마가 한참 골몰한 뒤에 낮게 중얼거렸다.

"저만 잘 산다는 확신만 있으면 애들이야 내가 키워도 되지."

"엄마가 무슨 힘으로?"

"너 있잖아."

"난 평생 조카애들만 키우고?"

"너도 있으면 가. 안 말려. 아니지, 못 말리지. 내가 뭐라고 네 갈 길 막겠니."

진심이 하나도 담기지 않은 말에 나는 힘없이 웃고 말았다. 내 인생은 엄마의 안중에 없겠지. 아니면 진작 포기를 했든가. 내가 무엇이 되고 싶은지, 무엇을 하고 싶어 하는지 엄마는 궁금해한 적이 없었다. 몇 년째 집에 묶여 있는데도 그것이 이상한 일이라는 걸 인지하지도 못했다. 모르는 척하는지도 모를 일이었다. 아니면 직장 없이 마흔 줄에 들어선 딸이어서 데리고 있는 것을 당연한 걸로 여기는지도. 엄마 입장에선 자식 중에서 하나라도 행복한 게 어디냐고 생각할 수도 있었다.

동생은 제 아이들을 마치 남처럼 대했다. 아이들이 깨기 전에 출근했고, 퇴근해서는 자는 아이들 방문을 한 번 열어보는 게 다였다. 첫째 유치원을 알아보는 것도 옷을 사 입히고 학습지를 시키는 것도 모두 내가 결정했다. 둘째는 더했다. 돌도 안 된 아이를 맡아 분유에서 이유식, 밥까지 손수 다 해서 먹였다. 아이의 월령에 맞춰 잘 크는지 확인하면서 키우는 일은 쉽지 않았다. 아이들은 더

없이 귀하고 더없이 가여웠다. 아빠 없는 아이들이라는 표가 나지 않게 키우겠다는 마음으로 동생을 제외한 식구들은 아이들 앞에서 억지로라도 웃었다. 이모인 나도 이런 마음으로 아이들을 키우는데 정작 어미라는 동생은 제 새끼들한테 참 무감했다. 제부에 대한 미움과 절망 때문이라고는 짐작했지만 아이들은 잘못이 없었다.

그래서 엄마는 동생의 새 인생을 위해서라면 아이는 우리가 맡아도 된다고 생각한 모양이었다. 말도 안 된다고 생각했지만, 선택을 하라면 나 역시 내가 아이들을 키우고 동생이 제 삶을 살아가길 바랄 것이었다. 끊임없이 집에서 벗어나고 싶으면서도 어떤 논리적인 이유 없이 그런 느낌이 들었다. 동생의 이번 교제는 제법 지속되고 있었다. 늦은 귀가가 계속되더니 외박을 하고 새벽에 들어와 옷만 갈아입고 가는 날이 잦아졌다. 그때마다 엄마는 동생의 등짝을 때리긴 했어도 뭐라 하진 않았다.

그 사람이 이해를 못 하는 것도 이 부분이었다. 동생의 짐을 왜 내가 짊어져야 하는지, 그 고집은 어디에서 기인된 것이냐고 물었다. 그럼 나는 다시 엄마와 아버지를 떠올렸다. 내가 집을 나서면 엄마와 아버지가 아이들을 키워야 하는데, 그건 불가능한 일이었다. 아이를 키우는 건 그저 삼시 세끼를 먹이는 일이 아니었다. 가르치고 보듬고 이해하고 공감하는 것. 이모인 나도 엄마와 다른 거리감이 있을 것인데, 일흔이 다 된 노인네들이 아이 둘을 키우도록 둘 수는 없었다. 당연히 안 되는 일이었다. 가족은 공동 희생 구조였다.

"당신 꿈은? 당신 인생은? 그렇게 희생하면 나중에 알아주기나 할 것 같아요?"

"안 알아줘도 상관없어. 누군가는 책임져야 할 일이야."

"그 책임을 왜 당신이 져야 하는데요."

"나는 이미, 진작에……."

쓸모가 없는 사람이 되었으니까, 라는 말은 차마 꺼내지 못했다. 그 사람은 몇 시간에 걸쳐, 며칠에 걸쳐 나를 설득했다. 잘못 생각하고 있다고, 결국 후회할 일이라고, 옳지 않은 선택이라고 반복했다. 나는 고집을 꺾지 않았다. 아무리 생각해도 답이 정해진 문제였다. 결국 내가 그 사람을 떠나보낸 것이었다.

그날도 동생은 늦을 거라고 한 날이었다. 한 달에 한 번 엄마가 쉬는 월요일 저녁이었다. 엄마는 느지막하게 일어나 막 머리를 감고 나온 아버지를 잡아끌어 앉혔다. 저녁쌀을 씻던 나도 불러 앉혔다.

"우리, 재 내보냅시다."

엄마가 아이들을 가리키며 말했다. 동생을 말하는 것이었다.

"이 집에서 나가라고 합시다. 새로 시작하라고. 그래야 연애든 결혼이든 할 수 있을 거 같아."

아버지가 끄응, 낮은 신음 소리를 냈다. 나는 대꾸하지 않았다. 아버지는 머리를 닦은 수건을 목에 걸치고는 오랜 침묵 끝에 입을 열었다.

"왜 굳이 그렇게까지 해야 하는데?"

"집에 오면 제 새끼들을 보게 되는데, 그럼 새로운 마음을 가질 수 있겠냐고. 눈에서 멀어져야 마음도 멀어지지. 그러니 이참에 큰마음 먹고 우리가 내보내자고."

"애가 나가고 싶대?"

"지 입장이라는 게 있는데 먼저 말을 꺼낼 수 있겠어? 내 생각에 그래야 할 것 같아서 그러지. 요즘 보니까 만나는 사람도 있는 거 같고."

"애 엄마라는 걸 감추고 만나는 거야?"

"그것까지는 모르지."

"이 사람아, 좀 앞서가지 마. 그때도 배불러오기 전에 식 올려야 한다고 그 사달을 내고는, 왜 또 이래."

"부모니까 이러지. 부모 마음에 안타까워서 이러는 거 아냐. 창창한 딸년 저대로 꺾여버릴까 봐 아까워서."

"이게 어디 억지로 떠민다고 될 일인가. 당사자는 아무 말도 안 하고 있는데 왜……."

"제가 먼저 말할 때까지 기다렸다간 될 것도 안 될 판이잖아! 이번에 만나는 사람은 진득하니 오래 만나는 거 같으니까……."

아버지가 고개를 절레절레 흔들곤 자리에서 일어났다. 작업복으로 갈아입는 아버지를 흘겨보던 엄마가 나에게 시선을 돌렸다. 그 모습을 보자마자 아버지가 엄마에게 버럭 소리를 질렀다.

"내보내고 싶으면 둘 다 내보내든가!"

"나 혼자 애들을 어떻게 봐!"

아버지가 큰소리를 내는 경우도 참 드문데도 엄마는 할 소리를 다 했다. 아버지가 깊은 한숨을 쉬고는 엄마의 뒤통수를 오래 내려다보았다. 아버지의 고함에 아랑곳하지 않고 엄마는 자꾸 나에게 어떠냐고 물었다. 나도 똑같은 자식이라는 걸 엄마는 종종 잊어버리는 것 같았다. 나는 엄마 말이 맞다고도, 그건 좀 아닌 것 같다고도 선불리 말하지 못했다. 나 혼자 생각할 때는 엄마와 같은 입장이었는데, 막상 엄마가 앞서서 이야기를 꺼내니 쉽게 응하기 싫어졌다. 무슨 마음인 걸까. 아무리 생각해도 이 부분은 동생이 부탁해야 할 문제지 엄마가 먼저 할 말은 아니었다. 그걸 알 리 없는 엄마는 자기편을 들어주는 사람이 없다며 괜히 서운해했다.

그날 저녁, 엄마의 구시렁 소리를 무시한 채 그대로 출근한 아버지로부터 전화가 걸려왔다. 설거지 중이어서 물이 뚝뚝 떨어지는 손으로 전화를 받았다.

—인생은 길고, 넌 아직 피지 못한 꽃이다. 주저앉지 마. 엄마가 하란 대로 하지도 말고.

그러곤 뚝, 통화가 끊겼다.

피지 못한 꽃, 이라는 말을 들은 날에도 나는 시를 쓰지 못했다. 필사 노트만 두꺼워지고 있었다. 낙선자로만 평생을 살아가면 어쩌나 싶은 마음. 선택받지 못한 사람이 되어, 패배자가 되어, 이대로 무용한 인간이 돼버리면 어떡하나 매일 두려웠다. 꽃까지는 바라지도 않았다. 연둣빛 싹이라도 될 수 있다면, 아니 새하얀 뿌리 한 쪽 될 수 있다면.

간간이 학교 동기들이나, 선후배들의 등단 소식이 들려왔다. 특히나 시로 등단했다는 소식을 들은 날에는 여지없이 우울해졌고, 그 울증은 며칠씩 지속되었다. 계간지로 등단한 이도 있고, 신춘문예로 등단한 동기도 있었다. 주간 수업을 들었던 이는 얼굴도 몰랐지만 남은 두 명은 야간 수

인생은 길고, 넌 아직
피지 못한 꽃이다.
주저앉지 마.

업을 같이 들어서 얼굴도 이름도 잘 알고 있었다. 교수님에게 늘 이름이 불리던, 장르를 가리지 않고 뭐든 잘 쓰기로 유명했던 복학 선배는 얼마간 납득이 되었지만 다른 한 명은 아무리 생각해도 의아했다. 과제 한번 제때 내지 않던 아이였다. 출석도 제멋대로여서 졸업은 할까 싶었는데, 등단이라니. 억울한 마음부터 들었다. 불공평한 세상 같았다. 어느 지면인지 상관없었다. 등단했다는 것 자체가 절반의 성공처럼 여겨졌다. 나는 쳐다보지도 못한 산을 누군가는 거뜬히 올라갔다는 사실에 열패감이 들었다. 물론 나는 알고 있다. 성실하게 써왔다고 다 좋은 글일 수 없으며, 좋은 학점을 받은 사람이 좋은 글을 쓴다는 보장도 없다는 것을. 때로는 성실보다는 타고난 감각이 더 필요한 일인지도 몰랐다. 무엇보다도 이 질투심은 시를 쓰지 못하는, 시를 쓰지 않는 내가 할 소리도 아니고 해서도 안 되는 생각이라는 것도 누구보다 잘 알고 있었다. 그러나 가슴 저편에서 피어오르는 감정들조차 안 보이는 척, 안 들리는 척할 수는 없었다.

어쩔 수 없이 그들의 등단작을 찾아 읽어봐야 했다. 남다른 무엇인가가 있는지, 내 시에는 부재된 것이 담겨 있는지, 어떤 단어와 어떤 수사법을 사용했는지, 어떤 세계관으로 시상을 함축했는지, 그래서 요즘의 등단작들의 추세는 무엇인지, 하다못해 심사위원들이 좋아하는 시적 문법은 무엇인지 알아내고 싶었다. 그러나 나는 그것조차 찾을 능력이 없었다. 아직도 나는 시를 읽는 것조차 서툴렀다.

매일 한 편씩 필사를 하고, 줄곧 시집만 읽어댄다고 실력이 늘 리 없었다. 계속 써왔어야 했는데. 쓰지 않으면 늘지 않는 것이 글인데, 알면서도 마음처럼 못 했다. 늦은 줄 알고 출발했지만 너무 늦었다는 자책에 시달렸다. 뭐든 다 때가 있는 법인데. 공부를 할 때, 결혼을 할 때, 아이를 낳고, 여행을 떠나고, 누군가와 헤어지고 새로 만나는 것 모두가 그 시기에 걸맞은 때에 행하는 것이 보편의 삶인데. 내가 보편의 삶을 살지 못해서 나에게는 늦거나 이른 건 없다고 생각했던 것이, 현실적인 벽에 맞닿으면 자꾸 잘못된 결과가 되고 말았다.

그걸 깨닫는 것조차 너무 늦어버려서 나는 길 잃은 아이처럼 자꾸 어쩌지 못했다.

여름 그림자

미세먼지가 극심하다는 재난 문자가 매일 울려댔다. 큰 산불이 빈번히 일어나는 계절이었다. 해안 도시에 큰불이 났고, 공장 지대에서는 폭발 사고도 있었다. 억울하게 죽은 사람들도 많은 봄이었다. 미연에 방지하지 못해 벌어진 사건들, 일가족을 살해한 후 스스로 목숨을 끊은 가장의 이야기라든지, 층간 소음 때문에 벌어진 살인 사건, 학교 폭력으로 스스로 생을 저버린 어린아이들의 극단적인 선택 등, 텔레비전을 보다 보면 인상을 찌푸리지 않고 지나가는 하루가 없었다. 세상은

미세먼지가 극심하다는
재난 문자가 매일 울려댔다.

큰 산불이 빈번히 일어나는
계절이었다.

세상은 무섭고,

사람들은 더 믿을 수 없으며,

자연은 매 순간
황폐해지고 있었다.

무섭고, 사람들은 더 믿을 수 없으며, 자연은 매 순간 황폐해지고 있었다. 이런 세계에 생명을 낳고 키운다는 것이 어른들의 이기심은 아닐까, 무책임하고 무모한 선택은 아닐까라는 의문이 들기도 했다. 그래서였을까, 그저 아무 일도 아닌 것에도 까르르 넘어가는 아이들의 웃음소리를 듣다 보면 덜컥덜컥 겁이 나곤 했다.

답답하다고 자꾸 벗어버리는 마스크를 억지로 씌우고 나간 등원 길이었다. 개나리도 지고, 영산홍도 지고, 조팝나무 꽃 지더니, 이팝나무 꽃이 나무마다 하얗게 피어오른 날이었지만 공기는 아침부터 최악의 수치였다.

둘째 어린이집 앞에 대여섯 명의 엄마들이 우르르 모여 있었다. 좀처럼 없는 일이었다. 어색하게 그 사람들을 뚫고 들어가려는데 누가 내 팔을 잡아끌었다. 등원할 때 가끔 마주쳤던, 안면만 있던 아이 엄마였다.

"애기, 별님반이죠? 소식 못 들으셨어요?"

영문을 모르는 나에게 엄마들이 저마다 한마디씩 하기 시작했다. 별님반 선생이 아이들을 때려왔다는 것이다. 어제까지만 해도 활짝 웃으며 둘째를 맞이하던 선생님이? 이게 무슨 소린가 싶었다.

"아이 몸에 멍 자국 같은 건 없었어요?"

글쎄, 딱히 기억나는 게 없었다. 있었어도 워낙에 잘 넘어지는 아이여서 저 혼자 부딪치고 넘어졌겠거니 했을 터였다. 그런데 정말 별님반 선생이? 매일 그토록 꼼꼼하게 원아 수첩을 채워 보냈던 사람인데?

"지금 경찰 들어가 있어요. CCTV 입수했다고 하던데."

"방송국에도 제보했다며?"

"그나저나 어떻게 알았대?"

"누구더라? 애가 밥 먹자고 숟가락을 들자 벌벌 떨면서 쉬를 지리더래."

"부부가 미용실 하는 집, 걔는 머리에 이만한 혹이 나 있었다고……."

"아니 말 안 통하는 애들이라고 어쩌면 그렇게."

"미혼이라서 그런가? 자기 애를 키워본 적이

없는 사람이니 애들을 제대로 케어할 줄 알았겠냐고. 아휴, 소름 끼쳐!"

엄마들은 저마다 자기 경험과 들은 얘기, 그동안의 경위에 대해 이야기를 나누었다. 무엇이 추측이고 무엇이 사실인지 구분할 수 없는 이야기가 섞여 아무렇게나 흩어졌다. 나는 혼란스러웠다.

내가 알던 별님반 선생은 성실하고 선한 사람이었다. 원아 수첩을 통해 주고받은 메모와 쪽지들이 떠올랐다. 둘째가 하루 동안 먹은 것은 물론이고, 잘 수행해낸 것이나 새로 배운 것들, 칭찬할 것들을 하루도 빠짐없이 작은 글씨로 빼곡하게 적어 보내던 선생이었다. 아이에게 각별한 애정 없이 그런 글을 매일 써왔다고 믿을 수 없었다. 나는 선생을 무척 신뢰했다. 그래서 때때로 길게 쓴 편지를 원아 수첩에 끼워 보내곤 했다. 직접 말하기 저어되었던 것들, 어쩐지 말문이 트이지 않아 꺼내지 못했던 이야기들, 차마 식구들과도 나누지 못했던 이야기들……. 둘째가 또래보다 늦되어 염려된다는 것과 엄마가 아니라 이모가 키우는 것이 표가 날까 걱정이라는 것, 그래도 성실하게 아이를 키우고 싶고, 잘 키워내고 싶다는 다짐 같은 것을 편지로 보내곤 했다. 그럼 긴 분량의 문자로 답장을 보내주거나 따로 전화를 주어 나를 안심시켰던 사람이었다. 아이를 키우는 데에는 마을 하나가 필요한 거다, 이렇게 고민하고 걱정하는 이모가 있으니 아이는 잘 자랄 거다, 걱정하지 마라, 아이를 혼자 키운다 생각하지 말고 같이 키운다고 생각하자고 나를 다독이고 위로해주었던 선생이었다. 그런 사람이 아이들을 때려왔다니. 내가 유일하게 아이 문제를 의논하고 내 마음을 열어 보였던 사람이었는데. 선생과 각별하다고 생각한 게 나의 착각이었다고? 내 손목을 잡았던 엄마가 조심스럽게 물었다.

"별님반에 아는 엄마들 없었어요? 별님반 아이들은 모두 등원 안 했는데……."

자꾸 어린이집으로 들어가려고 내 손을 잡아끄는 둘째를 내려다봤다. 다른 아이들은 온몸으로 거부의 표시를 해왔다는데. 도대체 어딘 줄은 알고 이렇게 들어가자고 고집을 부리는 것인지. 어린아이라면 부정적인 직감은 더욱 선명하게 느꼈을 텐데. 둘째가 정말 모자라도 한참 모자란 아이인가 싶어 속이 상했다. 그러다 이내 그것이 어디 아이 잘못인가 싶었다. 순간 가슴이 먹먹해지며 죄책감이 몰려들었다. 엄마였으면 알아차렸을지 모른다. 내가 이모여서, 아이를 늘 숙제처럼 다뤄서 그 어떤 징후도 못 느낀 것이라면.

"별님반에서만 일어난 일인 건 확실한 거지? 우리 반은 아니지?"

"다른 반도 안 보낸 집이 반은 더 되는 거 같아."

그나마 어린이집 앞에 모인 엄마들은 다른 반이었고 등원시켰단 뜻이었다. 고해성사를 하듯 우르르 저마다 맡길 수밖에 없는 이유를 밝히는 엄마들은 좀처럼 어린이집 앞을 떠나지 못했다. 그들의 불안감이 온몸으로 느껴졌다. 나는 그들에게 조금 떨어져 어린이집으로 전화를 걸었다. 아무도 받지 않았다. 원장과 원감은 아예 전화기가 꺼져 있었다. 별님반 선생도, 그 누구도 전화를 받지 않았다.

여하튼 둘째를 어린이집에 보낼 수는 없었다.

죄책감은 사라지고 둘째를 데리고 어떻게 온종일을 보내나 하는 걱정이 들기 시작했다. 내가 어미였으면 달랐을까. 내가 이모여서 고작 이런 것부터 생각하는 걸까. 둘째를 번쩍 안아 들었다. 나는 엄마들에게 인사하는 것도 잊은 채 서둘러 자리를 떠났다. 둘째는 내리겠다고 몸부림을 쳤다. 그럴수록 나는 더 세게 끌어안고 빠른 걸음을 걸었다.

어린이집에서 한참 멀어진 후에야 둘째를 내려놓았다. 땅에 발이 닿자마자 제 가고 싶은 곳으로 마구 걸어나가기 시작했다. 앞으로만 달려가는 둘째의 손을 잡아채 억지로 방향을 틀었다. 걸어서 15분이면 되는 거리를 한 시간이 넘도록 헤매고 다닌 뒤에야 집으로 돌아왔다. 둘째는 점점 힘이 세지고, 점점 더 고집스러워지고, 점점 더 제멋대로 행동했다. 그나마 집에서 가장 가까운 어린이집이었는데. 다른 어린이집을 알아보는 것이 만만한 일은 아니어서 심란해졌다. 일단 동생에게 문자로라도 간략하게 상황을 전했다. 동생의 답은 짧고 명료했다.

—언니가 알아서 해.

나는 심각한데 동생은 왜 이토록 덤덤한지. 문자일 뿐인데도 평상시의 동생이 아이들을 바라보는 시선이 느껴졌다. 제 아이를 왜 남의 아이처럼 대하는지. 원치 않았던 아이였다고 정이 안 가는 건가.

"그런데 애들은 왜 데리고 온 거냐."

집으로 돌아왔던 날, 간신히 세 모녀의 울음이 멈추자 아버지가 동생에게 건넨 첫마디였다. 내가 대뜸 소리를 질렀다.

"그럼 이 어린것들을 두고 와요? 그 새끼한테 어떻게 애들을 주고 와요! 뭘 믿고! 사람이 어떻게 그런 소릴 해!"

아버지는 무덤덤한 목소리로 말을 이었다.

"애들 아비가 멀쩡히 살아 있는데 왜 어미가 다 데리고 오냔 말이야. 그 집 성 붙인 애를 왜 어미 혼자 키우느냐고."

"이 양반아, 말 좀 되는 소릴 해. 머리가 어떻게 됐나, 아 그럼 젖먹이를 두고 나와? 사람이 인정머리가 없는 거야, 아님 생각이 없는 거야. 대체 무슨 말이 하고 싶은 건데? 응?"

"한 명씩 나눠서 키우든지 해야지, 왜 쟤 혼자 둘 다 데리고 나왔냐고."

간신히 눈물을 멈추었던 동생이 앙칼지게 소리 질렀다.

"양육비 받아낼 테니 걱정 마! 아빠한테 손 안 벌릴 테니 걱정 말라고!"

동생은 더 서럽게 울기 시작했고 엄마는 아버지를 눈을 하얗게 흘겨보며 동생을 다독였다. 나는 아버지가 무슨 말을 하려 했는지 그때는 알지 못했다. 그건 동생도 엄마도 마찬가지인 듯했다. 그러나 양육비는 고사하고 이혼 서류 도장조차 찍지 못한 채 3년이 흐르고 있었다. 제부는 자기는 이혼할 이유가 없다고 뻗대고 있었다. 처음부터 개새끼는 끝까지 개새끼였다. 나는 강단 있게 정리하지 못하는 동생이 더 답답했다. 모질게 굴어야 할 새끼한테는 질질 끌려다니고, 그저 한없이 감싸고 안아야 할 제 자식들에게 데면데면하게 구는 동생이 이해되지 않았다.

완벽한 엄마 역할을 해내길 바라는 게 아니었

다. 적어도 아이에 대한 최소한의 애정은 있었음 했다. 엄마라면 아이가 잘 자라는지 궁금해야지. 뭘 좋아하고 뭘 싫어하는지, 무슨 반찬을 잘 먹는지, 뭐 하고 노는 걸 좋아하는지, 유치원은 잘 다니는지, 친구들이랑은 잘 지내는지, 부족하거나 넘치는 건 무엇인지, 엄마가 필요한 자리는 없는지, 아빠가 없는 자리는 괜찮은지, 관찰하고 살피는 것이 엄마가 할 일이 아닌가. 그런데 동생은 이런 기본적인 것조차 내게 미뤘다. 언니가 알아서, 언니가 좋은 거면, 언니 편한 대로 해. 늘 동생의 대답은 똑같았다.

차르륵—. 잠시 멍하게 앉아 있는 동안 둘째가 싱크대를 열어 국수를 꺼내 바닥에 쏟아버렸다. 언제나 아차 하는 사이에 일은 벌어졌고, 수습을 하기 전에 또 다른 사고가 벌어졌다. 그렇게 단속을 하고, 안 돼! 하지 마!를 입에 달고 사는데도 둘째는 늘 말썽이었다. 문이란 문은 다 열어젖히고 물건이란 물건은 다 헤집어 펼쳐놓기 일쑤였다. 싱크대며 서랍장에 잠금장치를 다 걸어놓고 사는데, 마침 열린 걸 용케 찾아내 국수를 쏟아부은 것이었다. 흩어진 국수를 잡아 쥐고는 오도독오도독 잘라내는 걸 보니 허탈한 웃음만 나왔다. 그저 미리 챙기지 못한 어른 탓이었다.

집에 오자마자 둘째의 옷을 벗겨 온몸의 구석구석을 살펴보았다. 팔, 다리의 멍은 늘 있어와서 어린이집에서 생긴 것인지 아닌지 구분이 안 되었다. 매일 씻겨왔으므로 처음 보는 상처가 있을 리가 없는데…… 등허리와 옆구리의 벌건 자국이 눈에 띄었다. 언제부터 있었던 거지? 난 왜 못 봤던 거지? 깊은 한숨이 터졌고, 가슴 한복판에 묵직한 통증이 느껴졌다. 아이들에게 매여 살고 있었는데도 아이가 겪은 일을 전혀 눈치채지 못했던 것이다.

마른국수를 가지고 노는 둘째를 가만히 지켜보며 내 마음을 가만히 들여다봤다. 나는 나에게 화가 나고, 나에게 실망하고, 나에게 분노하고 있었다. 그 마음의 더 깊숙이에는 동생에게 비난을 받을까 봐 걱정되는 두려움이 숨어 있었다. 그러자 별님반 선생에게 배신감이 밀려들었다. 어떻게 나에게, 나의 아이에게 이랬다니! 아이가 고통스러웠을 그 순간보다, 아이를 책임지고 잘 챙기지 못했다는 걸 동생에게 인정해야 하는 상황보다도, 그런 사람에게 내 마음을 열어 보였다는 사실, 그걸 읽고 가증스러운 답장을 쓰면서도 내 아이에게는 손찌검을 해왔다는 것이 더 참을 수 없었다. 모멸감이 좀처럼 가라앉질 않았다.

퇴근하고 돌아온 동생은 짜증이 난 것인지, 피곤한 건지 한껏 어두운 표정으로 괜찮다고 했다. 자기 아이를 잘 보지 못한 것이 괜찮다는 건지, 둘째가 저 정도이니 괜찮다는 것인지 모호했지만 나는 가만히 고개를 끄덕였다. 그런 일이 있었는데도 동생은 다른 때처럼 자정이 다 되어 퇴근했고, 평상시와 다를 바 없이 자는 아이들을 한번 들여다보고는 방으로 들어가버렸다. 달라진 게 있다면 왼손 약지에 백금 반지가 끼워진 것이었다.

동생은 나와 이야기를 하면서도, 아이들을 바라보면서도 자꾸 그 백금 반지를 만지작거렸다.

결혼 이야기를 꺼내도 이상할 것 같지 않았다. 실제로 내 앞에 닥친 일이 되니 걱정이 앞섰다. 동생과 함께 살면서 아이를 키우는 것과 동생 없이 아이를 키우는 건 차원이 다른 문제였다.

나는 자정이 넘어 들어오는 동생을 불러 앉힌 참이었다. 한 번쯤은 제대로 이야기를 할 일이었다. 나는 돌려 말하지 않았다.

"반지 봤어."

제 손가락에 끼워진 반지를 내려다보며 슬그머니 웃음을 짓는 동생이 고개를 끄덕였다.

"뭐 하는 사람이야? 이런 거 물어봐도 되지?"

"응. 학원에서 만났어."

"같은 강사?"

"원장인데 가르치기도 해."

"사람은 괜찮아?"

"응."

이미 예상했다는 듯이 동생의 대답은 주저함이 없었다. 나는 잠시 뜸을 들인 후에 천천히 물었다.

"그 사람, 우리 사정은 다 아는 거지?"

"아니, 아직."

"얘!"

"알아. 들키지 않게 조심하고 있어."

들키지 않게라니. 그건 밝히지 않겠다는 뜻이었다.

"그러다 알게 되면? 그동안 자기를 속여왔다는 걸 알게 되면 어쩌려고? 네가 숨긴 사정이나 네 상황을 이해할 만한 사람인 거야?"

"세상에 그런 사람이 어디 있겠어. 당연히 놀라겠지, 애 있는 여자라는 걸 알면."

"그럼 어떡해?"

"끝내면 되지 뭐. 왜 이렇게 심각해."

"차라리 처음부터 밝히고 만나지 그랬어. 왜 힘들게……."

"제대로 연애 한번 해보고 싶었어. 언니도 알다시피 애들 아빠, 그 새끼랑은 제대로 해본 게 하나도 없어서. 이 사람 만나면서 데이트라는 게 이런 거구나, 이렇게 좋은 거였구나, 처음 알았어. 너무 좋아서 말할 기회를 놓쳤고, 그러다 보니 말해서는 안 될 상황까지 됐고. 뭐 그렇게 된 거야."

"너 그 사람 좋아하잖아."

"좋아하지."

"좋아하는 사람한테 상처 주는 건 괜찮아?"

"내가 잘못하고 있다는 거 알아. 그래서 곧 끝날 거라는 것도 알고. 언니, 그냥 좀 모르는 척해줘. 결혼 같은 거 안 할 거니까, 살림 같은 것도 안 차릴 거고. 내 주제에 그런 건 바라지도 않아."

"네 주제가 뭐 어때서!"

"언니. 나 그 사람 그냥 좀 만나다가, 그냥 조금만 즐기다가 헤어질게. 이러다 말거야. 서로에게 상처 줄 것도 없고, 받을 일도 없을 거야. 무엇보다도 언니한테 애들 안 떠맡길 테니까 걱정 안 해도 돼."

"지금 애들 얘기를 왜 꺼내?"

"그래야 우리 언니 안 불안해하지."

"야, 무슨 말을 그렇게……."

"언니, 나 피곤한데. 씻고 싶기도 하고."

속옷과 잠옷을 챙겨 들고 욕실로 들어가는 동생의 뒷모습이 고단해 보였다. 잠깐 만나다가 헤어지겠다니. 똑똑한 건지, 이기적인 것인지. 동생을 완벽히 이해할 수는 없었지만 어느 정도는 납득이 갔다. 그 와중에 처음으로 아이를 두고는 안 떠난다는 말을 직접 들었다고 마음이 한결 편해지는 것도 어쩔 수 없었다.

잠자리에 든 동생에게 다가가 별님반 선생이 구속되었다는 소식과 둘째가 다닐 만한 어린이집을 찾았다는 것, 첫째는 이제 한글을 다 떼었다는 걸 전했다. 동생은 희미하게 웃어 보였다.

"언니."

"아, 그래. 너무 오래 붙잡았다. 자."

"고마워."

동생이 이불을 감싸 안으며 뒤돌아 웅크렸다. 뭔가 머쓱해진 기분이었다. 나는 방 불을 끄고 조용히 방문을 닫아주었다. 방금 전에 아이들 이야기를 한 건 마치 동생의 행복을 바라지 않는 사람처럼 행동한 걸까? 결코 아니었는데. 설마 동생이 오해한 건 아니겠지? 나는 누구보다도 동생의 행복을 바랐다. 내가 좀 외롭고, 내가 피곤하고, 가끔은 억울하거나 서운한 마음이 들어도 당연히 식구들 모두가 행복하길 바라는 사람이었다.

어두운 거실, 식탁 위에 켜놓은 전등 하나, 흰 종이를 앞둔 나는 여전히 아무것도 쓰지 못한 채 멍하게 허공만 바라봤다. 제대로 연애 한번……

너무 좋아서 말할 기회를 놓쳤고…… 그냥 좀 만나다가, 그냥 조금만 즐기다가 헤어질게……. 동생이 한 말이 자꾸 머릿속에 맴돌았다. 사람을 좋아하는 마음을 억지로 덜어낼 수는 없는 법이다. 불가능하다는 것을 알면서도 영원을 꿈꾸는 것이 사랑 아닌가. 괜한 말을 꺼내 동생을 아프게 한 것이다. 뒤늦은 후회는 소용없었다. 나는 동생의 마음을 너무 잘 아는 내가 미웠다. 가슴 깊숙이 어딘가가 뻐근한 기분이 들었다. 멀리 사이렌 소리가 들렸다. 이 밤에 아픈 이가 또 있는 모양이었다.

살다 보면 불의의 사고나 뜻밖의 사건에 휩싸일 때가 있다. 예상하지 못했던 일들, 예를 들어 교통사고를 당한다든지, 큰 병에 걸린다든가, 사기를 당한다든가, 다단계에 끌려들어 간다든가, 혹은 지갑을 잃어버린다든지, 새치기를 당하거나, 오해를 받아 지목 대상이 되거나, 약속을 못 지키거나 하는 무수한 일들. 둘째의 어린이집도, 동생의 폭력 남편도 그런 일들 중의 하나였지만, 그중에 가장 큰 충격은 예상하지 못한 이별일 터였다.

전화가 걸려온 건 새벽녘이었다. 비가 잠시 부슬거리다가 그친 직후였다. 높은 기온에 습도까지 높아 온몸이 끈적거렸다. 아버지는 병원으로 이송 중이라 했다. 잠에서 깬 엄마가 부스스한 머리를 매만지며 화장실로 들어갔다. 마침 동생 핸드폰 알람 소리가 요란하게 울려댔다. 아버지를 발견한 사람은 막 출근한 현장 인부였다. 바닥에 쓰러져 있던 아버진 그때 이미 숨이 없었다 했다.

지난 저녁에 아버지가 먹은 건 모처럼 끓인 백숙이었다. 뽀얀 국물에 밥 한 사발 말아 먹고 나간 사람이었는데. 삐쩍 마르고 입이 짧고 목소리도 발소리도 작은 사람이었는데. 최근 들어 자꾸 소화가 안 되고 식욕이 없다고 한 것 외에는 이렇다 할 증후도 없었는데. 멀쩡했던 사람이 하루아침에 세상을 떴다는 것이, 좁은 경비실에서 가슴을 움켜쥐고 쓰러진 채 생을 마감했다는 것이, 아무도 부르지 못한 채 한밤중에 홀로 이생을 등졌다는 사실이 믿어지지 않았다. 아버지의 사인은 급성 심근경색이었다.

갑작스러운 죽음에 의연할 수 있는 사람은 아무도 없었다. 아버지를 영안실에 안치하고, 빈소를 꾸리고, 영정 사진을 만들고, 부고를 내고, 문상을 받으면서도 대체 내가 어디에서 무슨 일을 하고 있는지 의구심이 들었다. 동생은 서류 작업과 계속 이어지는 선택지 앞에서 결정하는 역할을, 나는 주로 엄마와 조문객을 상대하는 일을 맡았다. 슬픔과 애도는 해야만 하는 일 앞에서 무기력하게 뒤로 밀려나버리곤 했다. 나와 동생은 장례를 무사히 마쳐야 한다는 의무감에 최대한 눈물을 감춘 채 이를 악물고 버텼다.

자정 무렵이 되니 조문객들도 자리를 비우기 시작했다. 새벽 3시쯤이 되니 다른 장례식장들까지 모두 조용해지고 하나둘씩 조명이 어두워졌다. 진작부터 엄마는 유족실에서 아이들과 나오질 않았고, 좀 전까지만 해도 한쪽 구석에서 통화 중이던 동생은 보이지 않았다. 나는 그제야 간신히 주저앉아 다리를 뻗었다. 무릎과 허리가 부서질 것처럼 아팠다. 하루 동안 벌어진 일이 너무 많았다. 너무 많은 사람들을 한꺼번에 상대해야 했고, 너무 많은 말을 해야 했고, 너무 많은 결정을 도와야 했다. 여전히 나에게, 아니 식구들에게 벌어진 일이 현실처럼 여겨지지 않았다. 다음 날 해야 할 일들을 하나하나 열거해봤다. 염을 한다고 했고, 제를 지내고, 장지를 결정하고…… 머릿속으로 아무리 그림을 그려봐도 경험하지 못한 일들뿐이어서 전혀 감이 잡히지 않았다. 조금이라도 자야 다음 날 움직일 수 있을 텐데. 몸은 무거웠고 두통이 심했다. 잠이 오지 않았다. 차라리 찬바람이라도 쐬면 나아질까 싶어 장례식장을 나섰다.

장례식장의 지상 주차장이 어둠 속에 퀭하게 드러났다. 나는 검은색 상복 치마를 움켜쥐고 천천히 걸었다. 텁텁하고 눅진한 열대야의 공기가 목덜미에 들러붙었다. 장례식 건물 옆 동의 응급실 입구는 훤하게 불이 켜져 있었다. 위급한 환자가 없는 모양인지 가운을 입은 사람 서너 명이 입구에 모여 자판기 커피를 마시고 있었다. 공기 중에 담배 냄새가 맡아졌다. 발소리를 조심하며 그들 앞을 지나치려는데, 입원 병동 화단의 나무 그

늘 아래 쪼그려 앉아 있는 상복 입은 여자가 보였다. 통화를 하는 동생이었다. 들으려고 한 건 아니었는데 동생의 목소리가 선명하게 들렸다. 오지 말라고, 안 와도 된다고, 안 왔으면 좋겠다고 상대를 완곡하게 말리는 중이었다. 동생이 사귀는 사람이라는 걸 직감으로 알 수 있었다. 위로를 받아도 될 상대에게 마음대로 어깨조차 기대지 못하는 동생의 입장이, 동생의 마음이 짐작이 되고도 남았다. 저 속은 얼마나 새카맣게 타들어가고 있을까. 동생이 울음을 삼키는 소리를 들으며 나는 뒤돌았다. 도와주고 싶어도 내가 할 수 있는 일은 그저 모르는 척하는 것뿐이었다.

다시 장례식장 안으로 들어왔다. 엄마는 두 아이를 양쪽으로 안은 채 잠들어 있었다. 엄마 자매들 몇몇이 엄마 곁에 오종종하게 붙어 자고 있었다. 나는 조용히 유족실 문을 닫았다. 제단에 세워진 아버지 영정 사진을 물끄러미 쳐다봤다. 몇 년 전이던가, 새로 등록하는 인력 업체에 내야 한다며 모처럼 양복을 입고 찍은 증명사진이었다. 웃음기가 없는, 다소 경직되고 어색한 아버지의 얼굴이 정면으로 나를 향했다. 얼굴살이 없어 골격과 광대가 툭 튀어나와 무서워 보였다. 실제의 아버지는 살갑지는 않아도 무서운 사람은 아니었는데……. 향을 하나 피워 올리고서 구석에 모로 누웠다. 앞으로 어떻게 해야 하는지, 남은 시간을 어떻게 버텨야 하는지, 그리고 이제 어떻게 살아야 하는지 그저 막막했다. 차가운 바닥에서 한기가 올라왔고, 또렷해진 정신에 잠은 더 달아났다. 그 사람 생각이 났다. 동시에 울음을 삼키던 동생의 검은 실루엣이 떠올랐지만 그 사람의 따뜻한 가슴이 그리웠다.

나는 그 사람에게 전화를 걸었다. 그 사람의 목소리를 듣는 순간, 그제야 처음으로 눈물이 쏟아졌다. 내게 와달라고 했다. 내가 기댈 수 있게 빨리 오라고 했다. 전화를 끊고 한달음에 달려온 그 사람은 나를 보자마자 꽉 껴안았다. 나는 온전히 그 사람에게 기대며 쓰러졌다. 아무 말 없이 두 팔로 나를 안아든 그 사람의 체온이 따뜻했다. 그제야 그 사람을 몹시 그리워했다는 걸 깨달았다. 눈을 감았다 뜨는 순간, 조심스러운 걸음으로 유족실로 들어가는 동생이 보였다.

갑작스러운 장례여서 나는 물론이고 엄마와 동생 모두 마음껏 슬퍼하지 못했다. 슬픔과는 다른 종류의 감정이었는데 그것이 슬픔인지 아닌지조차 가늠할 여력이 없었다. 울어야 할 때는 눈물이 나오지 않아 처음 본 집안 어른이라는 사람들한테 한 소리씩 들어야 했고, 조문객 수를 제대로 예측하지 못해 음식이 모자라 동생과 번갈아가며 주방을 들락거렸다. 장지를 결정하지 못해 발인 전날 해가 다 저물 때까지도 일가친척들과의 의견을 좁히지 못했고, 아이들은 사흘 동안 유가족실에 꼼짝없이 갇힌 신세가 되어야 했다. 아버지의 사인을 물어볼 때마다 똑같은 대답을 수십 번이 넘도록 반복해야 했고, 아무 때나 터지는 엄마의 울음과 동생의 한숨 소리를 듣고도 동요되지 않도록 아랫입술을 잘근잘근 씹어댔다. 시간이 흐를수록 피로가 쌓였고, 끼니 대신 커피와 에너지 음료를 마셔가며 절을 하고 곡을 올렸다.

며칠 만에 집으로 돌아온 식구들은 순서를 정

해 욕실을 사용했다. 엄마부터 씻고, 차례대로 동생, 두 아이들, 마지막으로 내가 씻었다. 씻고 나오니 엄마가 라면을 끓이고 있었다. 어른들은 매운 라면, 어린것들은 짜장라면을 한 그릇씩 뚝딱 해치웠다. 그리고 부지런히 이불을 깔았다. 어쩐 일인지 아이들도 보채거나 잠투정 없이 곱게 누웠고, 나도 식탁에 다시 앉을 생각 없이 마음 편히 누웠다. 처음으로 집 안의 불이 동시에 다 꺼진 날이었다. 배가 불러서인지 누운 지 얼마 안 되어 식구들 모두 곤하게 잠이 들었다.

엄마는 당분간 일을 쉬기로 했다. 동생과 나는 이참에 그만두라는 말을 선뜻 건네지 못했다. 그래서인지 엄마는 말끝마다 당분간만 쉬는 거다, 찬바람이 불면 다시 시작할 거라고 다짐하듯 말하곤 했다. 그 말이 마치 나와 동생에게 안심하라는 말처럼 들리기도 했고, 다시 일하기 싫어도 억지로라도 나가야 한다는 자기 다짐처럼 들리기도 했다. 엄마는 하루 종일 누워 있는 날이 많았다. 어떤 날은 아버지 물건을 꺼내 방에 늘어놓았다가 도로 제자리에 넣기도 했고, 어느 날에는 텔레비전 앞에서 떠날 줄 모르고 지난 드라마만 하루 종일 멍하게 보기만 했다. 사진첩을 꺼내 하염없이 바라보기도 하고, 대청소를 하겠다며 온 집 안을 들쑤셔놓기도 했으나 종국에는 이부자리를 펴고 모로 눕기를 반복했다. 이상하다 싶을 정도로 많은 잠을 잤고, 씻는 것을 꺼려했으며, 식사량이 자꾸 줄어들었다. 어떻게든 집 밖으로 나가지 않았다. 걱정은 되었으나 갑자기 배우자를 잃은 사람이 보일 수 있는 당연한 변화라고 여겼다.

아이들은 매일 할아버지를 찾았고 그때마다 나는 멀리 일하러 가셨다고 했다. 언제 오냐는 물음엔 한참 뒤에, 라고 거짓말을 했다. 아버지 한 사람이 사라진 것뿐인데 집이 썰렁했다.

동생은 당분간 학원 수업을 줄이기로 했다. 넘어진 김에 쉬었다 가는 것도 나쁘지 않다고 생각했다. 여하튼 모두에게 닥친 난데없는 불상사였다. 어떻게든 일상을 유지하는 것도 중요하지만 바뀐 환경에 적응하는 것도 필요했다. 동생은 퇴근 후에 곧바로 귀가했다. 사귀던 사람과 헤어진 것 같지는 않았지만 나는 묻지 않았다. 동생은 가끔이기는 해도 설거지를 하거나 빨래를 개기도 했다. 때때로 제 아이들을 직접 재우기도 하고, 셋이서 동네 한 바퀴 걷다 들어오기도 했다. 그전에는 보이지 않던 모습이었다. 엄마보다 이모인 내 말을 더 잘 듣던 아이들은 서운할 정도로 이제 제 엄마 곁에만 맴돌았다.

경제적으로 도움이 되지 못하는 나는 아이들을 제대로 보살피는 것으로 그 값을 한다고 믿었다. 먹이고 씻기고 재우고 가르치는 것이 내 몫이어야 했다. 나의 일이 줄어들수록 내 자리는 사라지는 것이었다. 아이들이 제 엄마를 따를 때의 묘한 열패감이 당혹스러웠다. 마치 내 자리를 침범당한 기분, 내 것을 뺏긴 기분이 들었다. 나의 필요가 사라졌다고 생각하니 그럴 리가 없는데도 내쳐진 기분이 들었다. 다시 나를 지그시 바라볼 수 있는 시간이 주어졌다는 뜻이기도 했다.

인생은 길고, 넌 아직 피지 못한 꽃이다. 아버지가 했던 말이 머릿속을 떠나지 않았다. 피지 못한 꽃, 아직 발화하지 못한 꽃, 아직 제대로 맺히지 못한 꽃. 내가 꽃이라면 한 번은 피워내고 싶었다.

더 늦기 전에, 정말 식구들에게 발목이 잡혀 땅에 묻히기 전에. 나는 쉴 곳이 필요했다. 나는 도망칠 곳이, 숨어 있을 곳이 필요했다. 적어도 식구들과 거리감을 둘 공간이 필요했다.

시인의 밤

그 사람과 함께 있을 때는 보호받는 기분이 들었다. 젊은 날의 건장한 아버지 어깨에 매달려 있는 기분이기도 했고, 엄마의 푸근한 품에 안겨 졸고 있는 느낌이기도 했다. 보호하는 입장에서 보호받는 사람이 되는 일. 다른 처지에서 안전함과 안락함을 느끼는 일은 새삼 달콤했다.

식구들이 먹은 저녁상을 치우고선 밤 산책을 하듯이 집을 나섰다. 그길로 그 사람의 빈집으로 갔다. 얼마 안 있어 귀가한 그 사람에게 문을 열어주고 그 사람을 맞았다. 깊고 오랜 포옹 후에는 따뜻한 우유를 한 잔씩 마신 후에 함께 잠을 잤다. 새벽이 되면 그 사람이 나를 깨웠고, 짧은 입맞춤을 나눈 후에 나는 집으로 돌아왔다. 해가 뜨지 않아 아직 어둑한 골목길을 걸어 집으로 올라갈 때마다 나는 목련빌라에서 어떻게 벗어나야 하는지 골몰했다. 아버지의 부재가 왜 나를 식구들로부터 벗어나게끔 하는지 모를 일이었다. 오히려 아버지 몫이라도 더 책임져야 할 때에, 상실감에 빠진 식구들의 옆에 한시라도 더 있어줘야 할 때에, 지금이 진짜 내가 필요할 때인데 왜 나는 집으로부터 나오고 싶은지 모를 일이었다.

아니다. 나는 누구보다도 잘 알고 있었다. 아무리 말수가 적고 존재감이 없던 아버지였어도 빈자리는 드러나는 법이었다. 누군가는 아버지 몫을 떠안아야 한다면 그건 나였다. 이제껏 버틴 것만으로도 버거웠던 나는 아버지의 몫까지 떠안을 수는 없었다. 지레짐작 겁을 먹은 내가 약은 척 먼저 도망치려는 것이었다. 마지막 기회일지 몰랐다.

아버지가 남긴 재산은 목련빌라 한 채와 아버

지 이름의 보험 두 개, 예금통장 한 개와 낡은 소형차 한 대가 전부였다. 예금통장이라고 해봤자 대기업 신입 연봉쯤 되는 금액이 전부였다. 많고 적고를 떠나 한 사람의 생애를 환전한 금액이라는 생각이 들자, 조금 서글픈 생각이 들기도 했다. 그러나 나는 감정에 빠지지 않기 위해 마음을 다잡았다.

추석이 지나자 아침저녁으로 부쩍 쌀쌀해졌다. 여름옷은 완전히 정리했고 이제 두툼한 긴팔 옷들까지 꺼내놔야 할 참이었다. 아이들의 잠옷을 칠부에서 긴팔로 바꾼 날이었다. 늘 내 품에서 잠들던 아이들이 언제부턴가 제 엄마 없이는 잠을 이루지 못했다. 힘들게 재우고 나오는 동생을 불러 앉혔다. 한참 멍하게 텔레비전을 보던 엄마도 일어나 앉으라 했다. 모녀가 떼꾼한 눈으로 나를 쳐다봤다.

"나, 집을 나가고 싶어."

엄마와 동생은 잘못 들은 사람처럼 내 얼굴을 빤히 쳐다봤다.

"더 늦기 전에 혼자 살아보고 싶어."

"그럼 애들은?"

동생 입장에서는 당연한 반응이었지만 서운한 마음이 드는 건 어쩔 수 없었다.

"얘가 얘가, 아버지 죽고 나니까 정신까지 놨나, 무슨 소릴 하는 거야."

엄마는 말도 안 되는 소리 말라며, 내 말을 무시했다. 이번엔 동생이 목소리를 누그리고 다시 물었다.

"뭐 서운한 거 있었어? 아니면 우리가 뭐 잘못한 거라도 있어?"

나는 고개를 저었다. 정말 혼자 살아보고 싶어서 그래.

"철딱서니 없기는. 네 나이가 몇인데 이제서 그런 생각을 한다는 게 맞는 거냐? 하필 이런 때에?"

어느새 눈물을 비친 엄마가 나를 서운하다는 듯이 쳐다봤다. 나는 준비해놓은 말을 차분하게 꺼냈다.

"아버지 통장 봤어. 삼등분해야 맞지만, 집을 나눠달라고는 안 할 테니까 통장의 돈 반만 나

줘."

눈물을 찍어대던 엄마가 고개를 홱 들더니 언성을 높였다.

"돈? 돈 때문에 이러는 거야? 야!"

"1년이든, 한 달이든, 아니 단 하루라도 혼자 살아보고 싶어서 그렇다니까."

"너, 그 만나는 애 때문에 이러는 거냐? 걔가 그러라고 시키던? 돈 가지고 나오래?"

"그 사람이랑 상관없는 일이야."

"근데 대체 왜 그래? 멀쩡하던 애가 왜 엉뚱한 소리를 하는 거야. 그 돈 너 가져. 다 가져. 근데 집은 못 나가. 어딜 나가!"

"그럼 이렇게 살다가 이 집에서 늙어 죽었으면 좋겠어?"

"그게 엄마한테 할 소리야? 네가 왜 죽어? 나도 있는데 왜 네가 먼저 죽어!"

"죽을 거 같으니까 하는 소리잖아! 이대로 맨날 밥이나 빨래나 하고 살라는 소리야!"

"그럼 네가 나가서 일해. 해봐, 네가! 나가서 나만큼이라도 벌 수 있으면 그렇게 하라고. 그깟 집안일이야 누가 하면 어떻고, 안 하면 어때. 너 편하라고 내가 나간 줄을 모르고, 뭐?"

"그깟 집안일이라고 하지 마. 나는 이 악물고 했던 일들이야."

엄마가 내게 달려들며 소리를 질렀다.

"생색 좀 그만 내! 이 집에서 이 악물지 않은 사람이 있기나 하니? 죽은 네 아버지는 뭐 놀다 죽었어? 야, 말은 똑바로 하자. 누가 널 억지로 붙들어 앉히기라도 했니? 네가 바보 같으니까 주저앉았지. 네가 아이들을 맡겠다고 해서 그러라 했던 거지, 누가 먼저 너에게 해달라고 안 했어! 네가 한 선택이면 끝까지 책임을 지든가, 남 탓을 하지 말든가, 아님 혼자 고생한 척을 하지 말든가. 하나만 해, 하나만!"

엄마가 숨도 안 쉬고 쏟아내는 말에 나는 입이 다물어지지 않았다. 나는 엄마의 기세에 눌려 더 이상 아무 말도 하지 못했다.

"야! 그래그래. 나가! 나가버려! 근데 너 똑바로 알아둬. 나 네 아버지 돈 십 원 한 장 너 안 줄 거야. 집은 됐어? 뭐, 반을 줘? 웃기시네. 수저 한

짝, 집에 있는 먼지 한 톨 들고 나갈 생각 하지 마!"

동생이 엄마를 만류했지만 나는 주춤주춤 뒷걸음쳤다. 나를 향해 팔을 휘두르는 엄마를 안은 채 동생이 방으로 들어가라며 나를 밀쳤다. 방문을 닫자 엄마의 긴 한숨 소리가 들렸고, 곧이어 울음소리가 들렸다. 울음은 통곡으로 바뀌었고, 좀처럼 멈추질 않았다. 길고 긴 울음이었다. 그러고 보니 장례를 마치고서 처음 터진 울음이었다. 나 역시 닫힌 방문에 기대앉아 무릎을 세워 앉았다. 눈물이 흘렀지만 약해지지 말자고 다짐했다. 어차피 한 번은 겪어야 할 일이었다.

짐은 생각보다 단출했다. 살 곳을 정하진 못했지만 일단 집을 나왔다. 어떻게든 엉덩이를 떼고 자리에서 일어나야 뭐든 할 수 있었다. 그 사람은 같이 살자고 했다. 나는 단호하게 고개를 저었다. 그럼 뭔가 정해질 때까지라도 자기 방에서 지내라 했다. 그 제의에는 고개를 끄덕였다.

설핏 잠에서 깨면 그 사람이 출근 준비를 하고

있었다. 내가 잠이 깰까 봐 불도 켜지 않고 어둑한 실내에서 더듬더듬 양말을 신고, 티셔츠를 꿰입고, 머리를 빗었다. 그러곤 나에게 가볍게 입맞춤을 하고 방을 나섰다. 그때부터 열네 시간을 혼자 지낼 수 있었다.

처음 며칠은 아무것도 하지 않고 내내 잠만 잤다. 시간과 요일을 잊어버리고, 날씨가 어떤지 상관하지 않고, 배가 고픈 줄도 모르고 잠만 잤다. 그 사람은 그런 내 상태를 걱정했지만 나는 그냥 두라고 했다. 그동안 나에게 필요했던 것들을 하나씩 채워가는 중이라 생각했다.

어느 순간이 되자 더 이상 잠이 오지 않았다. 두 눈을 뜨고 똑바로 누워 천장을 바라보면서 앞으로 어떻게 살아야 할지 고민했다. 계획 없이 나온 것을 후회하지도 않았다. 그랬다간 영영 집에서 못 나왔을지도 모른다. 우선 아이들을 키우느라 못한 것부터 해야지. 술을 진탕 마신다든가, 심야 극장에 가는 것, 긴 시간을 들여 목욕을 한다든가, 귀가 시간에 구애받지 않고 서점이나 도서관에서 오래 서성이기, 매운 음식을 잔뜩 해서 먹는다든지 하는. 사소하지만 너무 사소해서 아무것도 아닌 일 같지만 여섯 살과 네 살을 혼자 키우는 사람에게는 전혀 불가능했던 일들. 사실은 긴 여행을 가고 싶었지만 무엇보다 가장 시급한 건 벌이였고, 방이었으며, 다시 시를 쓰는 일이었다.

그 사람은 다 하라고 했다. 눈치 볼 것도 없이, 기죽을 것도 없이 천천히 다 해보라 했다. 그러다 지치면, 재미없어지면, 지루하거나 외로워지면 자기에게 오라 했다. 늘 같은 자리에 있을 것이라고, 언제든지 나를 맞이할 거라고 했다. 그동안 기다렸던 것처럼 앞으로도 계속 기다리겠다 했다. 더없이 따뜻한 청혼이었다.

시인은 누가 될 수 있는 걸까. 나는 가끔 다음 생애에 다시 태어날 수 있다면 시인이 아니라 시인의 애인으로 태어나고 싶다는 생각을 해보곤 했다. 내가 시를 쓰는 것이 아니라, 시인이 나를 보며 시를 쓰게 만드는, 시를 쓰지 않고는 못 배기는 애인으로 태어나고 싶었다. 그것이 다음 생의 바람이라면 이번 생에서는 어떻게든 시인이 되어야 했다.

시를 쓰는 사람이라면 모두 다 시인이라고. 시심을 품은 자가 시인이니 시를 읽을 줄만 알아도 시인이라는 말을 들어본 적이 있다. 다음 생애에 시인의 애인이 되고 싶다는 말만큼이나 허황된 표현 같았다. 나는 제도권으로 들어가고 싶었다. 나를 규정해줄 수 있는 다른 이름이 있는 집단에 소속되고 싶었다. 그것이 나를 대변해주는 이름표라고 생각했다.

시인이 되기 위해서 임용고시처럼 일종의 시험을 치르는 것이 등단이냐고 그 사람이 물은 적이 있었다. 나는 아니라고 대답했다. 등단을 하지 못하면 시인이 못 되는 것이냐고도 물어서 그것도 아니라고 대답했다. 그렇다면 등단이라는 걸 꼭 할 필요는 없는 것이구나, 라고 동의를 구했을 땐 조금 복잡한 문제라고 대답했다.

"그럼 도대체 시인은 어떻게 되는 건데요?"

"시를 쓰면 되지."

"예전부터 써왔으니까 이미 시인이었네요."

"나 혼자 쓰고 나 혼자 읽으면 그건 일기지."

"누군가가 읽어줘야 한다는 뜻이라면…… 어떻게 보여줘야 하는데요?"

"문예지에 발표하거나 시집을 내거나."

아니면 SNS든 홈페이지든 내가 쓴 시를 직접 보여줄 수 있는 페이지를 확보하거나. 그 사람이 이어서 물었다. 어떻게? 청탁을 받으면 시를 써서 보낼 수 있지. 청탁은 어떻게 받는데요? 등단을 하면 연락을 주지 않을까?

"시집은 어떻게 내는데요?"

"출판사에서 만들어주거나, 내가 직접 만들거나."

한참 생각에 빠진 그 사람은 둘 다 쉬운 일은 아니구나, 라고 혼잣말을 했다. 쉬운 일은 아니었다. 그러나 생각처럼 어려운 일이 아닐 수도 있었다. 근래 들어 일부러 등단 제도를 거부하는 이들이 있었다. 독립 출판으로 자기의 글을 직접 묶어 책으로 내는 것도 드문 일은 아니었다. 자비 출판이 부담스럽다면 펀딩을 받는 형식도 있었다. 어떤 지면은 등단, 비등단의 구분 없이 원고를 모집하는 곳도 있었다. 어떤 이들은 플랫폼을 구축해 시를 발표하는 것으로 독자들에게 직접 다가가기도 했다. 견고했던 구획들은 더디게나마 유연해졌고, 점점 더 다양한 방법들이 만들어지고 있었다. 좋은 작품만 쓸 수 있다면 요원한 일은 절대 아니었다. 그러므로 나는 다시 나의 시를 써야 했다.

그러니까 나는 시를 쓴다는 포즈만 취해왔던 것이다. 시와 같은 편이 되거나 시와 같이 어울려야 하는데 나는 늘 속내를 알아내고야 말겠다는 듯이 멀찍이서 노려보기만 했다. 작품 하나하나마다 나를 그려 넣고, 나를 새겨야 하는데 그마저도 용기 내지 못했다. 시를 쓰지도 못하면서 시 쓰기를 꿈꿨다는 건 시의 그림자에 숨어 내 언어가 사라지는 줄도 몰랐다는 뜻이었다.

나는 다시 시를 쓰기 위해 방을 구했다. 아주 작은 방이었다. 그 사람의 방과 가까운 곳에, 그 사람의 방의 반밖에 안 되는, 좁은 침대와 작은 책상만 있는 방이었다. 창문이 없어도, 욕실과 주방을 공동으로 사용해도, 혼자서 지낼 수만 있다면 충분하고도 남았다. 일도 구했다. 월요일과 금요일에는 일곱 시간씩 인터넷 의류 쇼핑몰의 포장 작업을 했고, 주말엔 하루 종일 만화 카페에서 손님을 상대했다. 둘 다 최저 시급의 아르바이트였다. 한 달 총수입은 볼품없었지만 고정 수입이 생긴 것만으로도 일단은 만족하기로 했다. 일을 하지 않는 요일에는 도서관에 갔다. 폐관 시간까지 800번대 서가에서 서성이며 마음껏 시를 읽었다. 유명 출판사에서 개설한 시 창작 강의도 등록했다. 시인이 직접 강의를 하고 습작시를 일대일로 피드백해주는 수업이었다. 강의 시간에 피드백을 받으려면 개강 전에 어떻게든 한 편의 시라도 완성해야 했다. 부담스러우나 행복한 숙제였다.

집에는 보름마다 들르곤 했다. 엄마는 여전히 나에게 노여움을 풀지 않은 기색이었지만 동생은 한껏 반겨주었다. 동생은 볼 때마다 야위어갔다. 일을 하면서 아이들을 건사하고, 엄마를 살피는 일이 수월할 리 없었다. 동생은 기다렸다는 듯이 아이들 뒤꽁무니를 따라다니면서 자기 근황을 알렸다. 연봉을 올려 사무실을 옮겼고, 발목에 아이들 이름의 타투를 했으며, 빵을 굽기 시작했다는 것들. 그러고 보니 전자레인지 위에 말끔한 미니 오븐이 놓여 있었다. 커피와 함께 내어놓은 스콘이 직접 만든 것이라는 걸 뒤늦게 깨닫고 맛있다고 호들갑스럽게 칭찬했다. 목소리를 낮추고 전한 소식도 있었다. 제부에게 새 여자가 생겨 곧 서류 정리를 할 수 있을 것 같다고 했다. 동생의 발목에 죽 새겨진 아이들의 이름에는 아직 붉은 기운이 남아 있었다. 그러고 보니 동생의 손가락에 반지가 보이지 않았다.

나와 동생이 하는 이야기를 다 들으면서도 대화에 끼어들지 않는 엄마는 내내 나비만 불러댔다. 양쪽 귀 색깔이 다른, 엄마가 늘 먹을 걸 챙겨주던 그 고양이였다. 내가 집을 나선 날부터 집에 들였다고 했다. 못 본 사이에 몸집이 잔뜩 불어 있었다. 아이들 키우는 집에 무슨 고양이냐고, 동물을 키우는 일이 생각처럼 쉬운 줄 아느냐고, 집에서 이상한 냄새가 나는 이유가 고양이 때문이라고 말하고 싶었으나 입을 꾹 다물었다. 더 이상 내가 살지 않는 집이었으므로 나는 그런 말을 할 자격이 없었다. 귀찮다는 고양이를 자꾸 억지로 끌어안으려고 하는 엄마의 모습이나, 볼 때마다 꼬박꼬박 늙어가는 엄마를 발견하는 것도 마음이 편하진 않았다. 두피에 핀 검버섯이 훤히 보이도록 휑한 정수리, 자글자글한 입가의 주름, 검게 타 들어간 손톱과 발톱을 보면 일을 다시 하기란 쉽지 않을 것 같았다. 동생을 통해 내 근황을 다 알고 있을 터였지만, 인사치레라도 어떻게 지내는지, 무얼 하고 사는지 나에게 직접 묻지 않았다. 그래도 집으로 돌아갈 즈음엔 현관문 앞에 김치와 밑반찬을 담은 가방이 새침하게 놓여 있었다.

무엇보다도 집에 들르는 이유는 아이들을 보기 위해서였다. 모처럼 보는 나를 졸졸 따라다니는 아이들은 내가 손님이라는 사실을 절감하게 했다. 내가 키울 때는 먹이길 꺼렸던 젤리나 사탕을 주머니에 숨겨 가 제 엄마 몰래 입에 넣어주곤 했다. 마땅히 이모로서 할 일인 것처럼 예쁘고 쓸모없는 싸구려 플라스틱 장난감을 내밀어 매번 환심을 사는 것도 유쾌했다. 둘째는 드디어 기저귀를 뗐고 새 어린이집에도 잘 다닌다고 했다. 첫째는 '예비초등'이라고 적힌 학습지를 내보이며 자기가 곧 일곱 살이 되는 걸 자랑했다. 함께 살 때는 전혀 느껴보지 못한 아이들의 환심에 비로소 내 존재가 드러나는 것 같았다.

입을 꾹 다물고 있지만 나에게 시선을 떼지 않는 엄마나, 종종거리며 과일을 내고 아이들을 챙기는 동생이나, 이유 없이 깔깔대며 뛰어다니는 아이들을 보면서, 나 없이도 잘 지내고 있다는 것이 다행이면서도 나를 향해 건재하다고 알리는 몸짓들이 어쩐지 가슴을 저미게 했다. 누구보다도 나는 동생의 사정을 잘 알았다. 엄마나 아이들을 위해선 나의 손이 점점 더 필요해질 것도 알았다. 그래도 나는 이를 악물고 집을 나서 내 방으로 돌아오곤 했다. 절대 돌아가지 않겠다는 다짐은 하지 않았다. 언제든지 다시 돌아갈 수 있다는 생각을 버린 적도 없다. 그러나 지금은 잠시만이라도 나는 나로 살고 싶었다.

그리고 나는 예전처럼 그 사람을 만났다. 우리는 서로를 보채거나 닦달하지 않았다. 종종 평일에 만나 체온을 나누고, 그간 자기의 일상에 대한 이야기를 주고받았다. 서로에 대한 욕심이 없었다. 싸울 일도 서운할 일도 없었다. 헤어졌던 시간을 생각하면 서로의 손에 똑같은 모양의 반지를 끼고 있다는 사실만으로도 감정은 더없이 지극했다. 무엇보다도 우리는 우리의 끝에 대해서 이야기하지 않았다.

필사 노트는 계속 늘어났다. 혼자 지내게 되었다고 곧바로 시가 써질 리 없었다. 그러나 나는 혼자 있는 동안 온전히 나에게 몰입할 수 있었다. 나는 마음만 먹으면 밤새 언어에 대해서, 시에 대해서 생각할 수 있었다. 이런 생활이 얼마나 지속될 수 있을지는 미지수였으므로 하루하루 허투루 보내지 않았다. 시집을 읽거나, 몽상을 하거나, 끊임없이 단어를 열거하거나, 심지어 잠을 자는 것마저도 최선을 다했다.

오늘은 그래서 그런 시를 쓰고 싶었다. 아버지의 죽음과 짙은 초록색으로 변한 이팝나무 이파리에 관해. 거짓말처럼 맑았던 그날 새벽하늘을 지나갔던 검은 새 한 마리에 대해서. 아무도 울지 않았던 그 밤에 대해서. 엄마의 꽃무늬 블라우스

그러나 지금은

잠시만이라도

나는 나로 살고 싶었다.

에서 말아지던 나른한 살냄새와 동생의 품에서 꼬무락거리는 스무 개의 손가락과 스무 개의 발가락에 대해서. 그 손과 발이 잡아당긴 생의 끈질긴 얼룩과 여름 소나기에 대해서, 그 소나기 끝에 피어오르는 흰 구름에 대해서. 그해의 열대야에 대해서, 깊고 오래된 골목길에 대해서, 그리고 그리운 사람의 그림자와 나의 눈물과 우리의 정류장과 모두의 무덤에 대해서. 서로의 체취로 속삭이던 노래와 지리멸렬한 계절에 속박되었던 오해와 피우지 못한 꽃과 기꺼운 약속과 작은 책상과 낡은 베갯잇과 차마 다하지 못한 희망과 나는 지금 여기 있다는 것에 대해서.

을 도와 글을 쓰는 대신 늦게까지 일어나지 않는다고 하고요. 당신은 어떤 타입이신가요?" 매번 같은 대답을 하고 이 자리에서도 다시 한번 강조하는데 적어도, 우리는, 이런 삶을 꿈꾸어본 적이 없다. "잘 써질 때라는 건 사실 있을 수가 없고요. 쓸 수 있을 때 그냥 씁니다." 우리는 그 쓸 수 있는 시간이라는 것을 온전히 자신의 것으로 확보하는 데에만 최소 10년이 걸리며 소설 속에 나오는 조카들은 4세와 6세이니 아직 한참 남은 듯싶어 보는 내가 다 까마득해질 무렵, 주인공이 승부수를 던진다. 아니 승부수를 던졌다고 하면 다소 명쾌한 해결점으로 나아가는 뉘앙스이니 어울리지 않는다. 그녀가 던진 것은 그전까지의 삶이다. 그것도 구체적인 대안을 가진 것 없이, 그 어떤 유용한 전망이나 성과를 기대하기 어려운 상태 있는 그대로. 스스로 결정하여 내린 불완전한 대답을 실천에 옮기기 직전, 핑퐁을 주고받는 모녀간의 가시 돋친 대화는 세상 어디에나 존재할 법한 모녀들의 그것으로 육성 지원마저 되면서 소설의 긴장감을 끌어올린다. 누가 이기고 지는 싸움과는

결이 좀 다른데도 조바심이 난다. 이겨라, 싸워서 얻어내라고.

*

그녀가 세속적인 의미에서 소위 시단에 진입하는 데 성공했는지, 혹은 소설 속에서 스쳐가듯 언급한 여러 모색 가운데 하나로 펀딩을 받아 작품집을 제작하고 비非등단 시인이 되었는지, 인터넷에 자기의 시를 올려서 사람들의 반응을 얻어냈는지, 우선 그러기 전에 시의 언어를 회복했는지, 소설은 알려주지 않는다. 꼭 필요한 만큼 불친절한 결말이라는 뜻이다. 그러나 나는 이때처럼 친절과 희망을 간구했던 적이 없다. 그러다 문득 작가가 시원한 답안을 주지는 않았으나 최소한의 희망을 남겨두었다는 사실을 알게 됐는데, 그것은 마지막 챕터의 제목이 '시인의 밤'이라는 것이다. 언어를 길어 올리겠다는 열망이 남아 있는 한, 자신에게 몰입하는 밤을 획득하기 위해 최선을 다하는 동안, 그녀는 시인인 것이다.

종착지 아닌 정류장이므로 그녀의 이 같은 밤이 앞으로 얼마나 지속될지 알 수 없다는 것은 현실적이다. 정류장은 출발점이거나 기착지가 되기도 하며 단순 환승 구간일 때도 있는데, 어떻게 에둘러도 공통점은 그곳 그 상태에서 너무 오랜 세월을 머무르지는 않는다는 것이다. 연인과 나눈 반지는 언젠가 사라질지 모르고 필사 노트는 박싱되어 창고행일지 모른다. 그러나 언젠가 배차간격이 넓고 승객도 드문 데다 목적지도 낯선 버스에 불쑥 올라타게 된다 해도, 우리는 정류장에서 기다렸던 시간을 함께 태워서 떠날 것이다. 세상 어디에서 누구와 무엇을 하게 된들 우리가 만든 문장은 이미 몸에 배었으니 값없이 버려지지 않을 것이다. 그렇게 믿고 있다.

작가의 말

매일 시집을 읽던 나날이 있었다. 내 안의 언어가 전부 소멸해 아무것도 쓸 수 없던 시절. 이대로 소설을 못 쓰게 되리라는 절망에 빠졌던 때였다. 그건 나를 잃는 일이기도 했다.

나는 소설 속 인물처럼 무수한 필사의 밤을 보내고서야, 소설이 아니라 시를 만나고서야, 다시 소설을 쓸 수 있게 되었다. 처음 말을 배우는 어린애처럼, 처음 글자를 배우는 아이처럼 더듬더듬 한 마디씩, 한 글자씩 다시 써나갔다. 소설 속 인물이 힘든 시기를 이겨내고, 곤란한 일을 헤쳐나간 것처럼, 때론 미련하게 참았지만 끝내 자신을 위한 선택을 했던 것처럼, 나도 용기를 내어 다시 쓰기 시작했다.

소설을 쓰는 일은 삶과 같아 시간이 흐를수록 여물고 단단해져야 하는데, 아니 사는 일이 소설 쓰는 것을 닮아 시간이 지날수록 성숙하고 견고해야 할 것인데, 일상도 소설도 늘 미진하기만 한 나는 그 시절처럼 매일 시집을 펼쳐 든다. 다시는 언어를 잃지 않기 위해서, 나의 정체성을 잊지 않기 위해서 말이다.

언제나 그러하듯 나의 정혜와 규미에게 애정을 담은 감사를 전한다. 무한한 인내로 나를 기다려주는 그들의 노력에 늘 감사하고 있다. 이미 알고 있으리라 믿고 있다.

'우리의 문장을 싣고 달리자'고 말해준 구병모 작가에게 특별한 감사를 전한다. 고단한 시절의 복판에서 따스한 숨을 내어주던 동료였다. 그 동료애를 절절하게 기억해주어 뭉클했다.

첫 원고에 수록되었던 스무여 편의 시를 함께

읽고 여러 방법을 고민해준, 그리고 더 나은 소설이 될 수 있게 살펴준 황민지 님에게도 큰 감사를.

또한 소설에 수록할 수 있게 귀한 시의 언어를 허락해주신 작가님들에게도 고맙다는 인사를 드립니다.

무엇보다도,

〈소설, 향〉 시리즈와의 인연에 감사하다. 멀리에 있는 나를 찾아주고 불러주어, 뜻깊은 복간 시리즈의 일원이 될 수 있어 기뻤다.

그러니 오늘 밤에도 써야겠다.

깊고 어둔 구름에 맺힌 여름에 대해서, 젖먹이를 품에 안고 멍하게 노을을 바라보는 어린 엄마들의 어깨에 대해서, 누구에게도 보이지 않을 글을 썼다 지웠다를 무수히 반복하고 있는 그들의 멈춘 시간에 대해서, 선택 앞에서 주저하는 이들의 무거운 주먹에 대해서, 도심 시멘트 틈바구니에서 고개를 내민 민들레에 대해서, 갈라진 발뒤꿈치에 맺힌 핏방울을 씻어주는 너의 손길과 오늘도 달리고 있는 당신들의 흙먼지와 흙먼지 속에서 기어이 피어오르는 우리의 언어에 대해서.

2020 가을

김이설

참고 문헌

유계영, 『이런 얘기는 좀 어지러운가』, 문학동네, 2019.

이제니, 『그리하여 흘려 쓴 것들』, 문학과지성사, 2019.

이선영, 『60조각의 비가』, 민음사, 2019.

박소란, 『한 사람의 닫힌 문』, 창비, 2019.

우리의 정류장과 필사의 밤

초판 1쇄 2020년 10월 20일
초판 6쇄 2024년 4월 16일

지은이 김이설
펴낸이 박진숙 | **펴낸곳** 작가정신
편집 황민지 | **마케팅** 김영란 | **디자인** 이현희 | **재무** 이기은
인쇄 및 제본 한영문화사

주소 (10881) 경기도 파주시 회동길 216 2층
대표전화 031-955-6230 | **팩스** 031-955-6294
이메일 editor@jakka.co.kr | **블로그** blog.naver.com/jakkapub
페이스북 facebook.com/jakkajungsin
인스타그램 instagram.com/jakkajungsin
출판 등록 제406-2012-000021호

ISBN 979-11-6026-206-3 03810

이 도서의 국립중앙도서관 출판시도서목록(CIP)은 서지정보유통지원시스템 홈페이지(http://seoji.nl.go.kr)와 국가자료공동목록시스템(http://www.nl.go.kr/kolisnet)에서 이용하실 수 있습니다.
(CIP제어번호 : CIP2020039707)